NARRATORI ITALIANI

GIORGIO MONTEFOSCHI

LA FRAGILE BELLEZZA DEL GIORNO

ROMANZO
BOMPIANI

Via Angelo Rizzoli 8 – 20132 Milano

Per l'esergo a p. 5: Virginia Woolf, *Al faro*, nella traduzione di Nadia Fusini

Prima edizione nell'"Universale Economica" gennaio 1992

ISBN 978-88-452-7552-4

Prima edizione Bompiani febbraio 2014

“Ciò che s’erano tolti e avevano lasciato lì – un paio di scarpe, un berretto da cacciatore, delle gonne sbiadite e delle giacche negli armadi – serbava ancora l’impronta umana e nel vuoto indicava che una volta quelle forme erano state piene, animate; una volta le mani s’erano date da fare con ganci e bottoni, una volta lo specchio aveva contenuto una faccia, anzi un mondo cavo in cui una figura s’era girata, una mano era apparsa, la porta s’era aperta, e i ragazzi erano entrati di corsa, ruzzolando, e poi se n’erano riandati. Ora, giorno dopo giorno, la luce proiettava sulla parete la sua immagine chiara, come un fiore riflesso nell’acqua.”

Virginia Woolf, *Al faro*

PARTE PRIMA

Capitolo I

Il sole era ancora abbastanza alto: sfiorava gli ultimi piani dei palazzi giallini, rosa pallido del porto, e la punta del molo; stendeva una luce assorta sulla superficie calma del mare. Lontano, una minuscola vela bianca avanzava lentamente verso il largo... Poi la vela spariva tutto a un tratto; anche il porto era sparito; spariva anche il mare...

Spalancando gli occhi nella penombra della stanza, Ernesto Chiarini cercò inutilmente nella memoria. Fuori, impazzivano le cicale. Ogni tanto, una voce attutita si perdeva nei campi. Dalla federa, e dalle lenzuola fresche di lino, veniva il buon profumo di bucato che aveva accompagnato il sonno.

Era il due di luglio. Un venerdì. Le lancette dell'Omega d'acciaio poggiato sul comodino segnavano le quattro.

Alle sette e mezzo, in fondo al viale bordato di pini, sbucarono Guido, Cristina e, a un paio di passi da suo padre e da sua madre, Alessandro. Guido aveva la testa china. Alessandro trascinava un ramo.

Quando furono a pochi metri dal piazzale di ghiaia sul quale affacciavano – a sinistra e a destra della breve scalinata d'ingresso – le finestre della sala da pranzo e quelle del salotto, Ernesto abbandonò la poltroncina di vimini nella quale era seduto da una decina di minuti, e andò loro incontro.

"Dove siete arrivati?" domandò.

"Al bivio della strada per Ninfa," rispose Guido.

"Davvero?"

"Sì, fino al bivio," Cristina confermò.

Erano vicini al cerchio delle poltroncine protetto da due di quei grandi ombrelloni bianchi rettangolari che si usano al mercato. Alessandro trascinò il ramo sul prato incolto – vicino al frutteto – al centro del quale già sorgeva una capanna indiana fatta con altri rami raccolti il sabato precedente e brandelli di coperte vecchie; Ernesto riprese possesso della sua poltroncina; Guido gli sedette accanto; Cristina, di fronte. Sul tavolo tondo – anch'esso di vimini – sistemato fra i due ombrelloni, un cestino largo coi manici conteneva una bottiglia appannata, senza etichetta, di vino bianco; una bottiglia, senza etichetta, di vino rosso; una brocca d'acqua e svariati bicchieri; una scodella colma d'olive; il cestello del ghiaccio.

"Volete bianco o rosso?" chiese Ernesto, dopo aver seguito per un po' Alessandro che armeggiava attorno alla sua capanna.

"Io, bianco," disse Guido rialzandosi. "E tu, papà?"

"Io rosso."

"Pure a me dammene un dito," Cristina si sporse a prendere una oliva. "Con un cubetto di ghiaccio."

I capelli castani, legati alla nuca da un fermaglio d'osso, le denudavano il viso: la fronte morbida, il naso sottile, gli occhi verde scuro.

"Andate a Sabaudia, domani," Ernesto la guardò, "o al Lido dei Pini?"

"Io," corrugò appena le sopracciglia, "vorrei andare a

Sabaudia. Al Lido dei Pini il sabato comincia a esserci troppa gente."

"A Sabaudia," replicò Guido, "è lo stesso."

"No, ce n'è molta meno. Comunque, non importa: andiamo al Lido dei Pini."

"Per carità! Andiamo a Sabaudia!"

Alessandro, nel frattempo, era tornato sul viale.

"Che cerchi, Alessandro?" a voce alta Ernesto lo interrogò.

"Delle pigne..." fece una breve pausa, "e dei rametti per accendere il fuoco."

"Spero bene non dentro la capanna."

"Nooo!"

Le cicale ora tacevano. Nell'aria, si sentiva il profumo della terra stordita dal caldo; quello forte delle piante.

"Mangiamo in sala da pranzo o in cortile?" disse Guido.

"Ho detto a Fausta di apparecchiare in cortile," rispose Ernesto.

"Bravo," Cristina approvò.

In quello stesso istante, Guido posò il bicchiere e si mosse per raggiungere il bambino.

"Che ha?" quando fu abbastanza distante, Ernesto domandò.

"Vorrei saperlo," Cristina scosse il mento.

"Qualche difficoltà nel lavoro?"

"No. Insieme a Laura e Francesco sta scrivendo la sceneggiatura del film che entrerà in produzione l'anno prossimo, e già hanno una nuova richiesta per la televisione."

"Quindi, dovrebbe essere contento."

"Appunto. Ma non preoccuparti. Gli passerà..."

Con le pigne e i rametti, i due stavano tornando alla capanna.

"Paolo?" disse Guido passando davanti alle poltroncine.

"Ha telefonato per dire che all'uscita c'era traffico, ma sono in arrivo," Ernesto poggiò il bicchiere sul tavolino.

Cristina si voltò.

"Alessandro," disse, "mentre aspettiamo, non andresti a lavarti le mani?"

"Subito?" Alessandro protestò.

"Perché? Che altro devi fare adesso?"

"Il fuoco."

"Te lo scordi. Quello, semmai, lo fai dopo cena... Guido, diglielo tu."

"Cosa?"

"Che deve lavarsi le mani. Anzi, accompagnalo..."

Un quarto d'ora più tardi, Paolo, Marta ed Elisa scesero dalla macchina.

Sulla tovaglia bianca del massiccio tavolo rettangolare, Fausta aveva lasciato una pasta fredda, una frittata, una coppa d'insalata, il pane.

"Ognuno si siede dove vuole?" propose Paolo addentando una fetta di pane.

"Io," disse Alessandro, "sulla panca."

"Anch'io," disse Elisa.

"A capotavola chi ci si mette?" chiese Guido.

"Tu," se la sbrigò Ernesto.

La pasta, condita con pomodori crudi a pezzetti, venne finita in fretta. La frittata era quella con le erbe.

"Fausta è imbattibile sulle frittate," disse Marta, tagliandosene un secondo spicchio.

"Ha il figlio che la fa dannare," disse Ernesto.

"Che combina Romeo?" Paolo domandò.

"Giura che smette di bere e, passati un paio di giorni, ricomincia."

"È un bel guaio."

"Sì, un bel guaio."

Adesso, l'oscurità stava avanzando. Nei portacandele, un filo d'aria proveniente dalle colline faceva oscillare la fiamma. Paolo aveva cercato la mano di Marta. All'estremità della panca, Alessandro ed Elisa confabulavano a proposito del fuoco. Guido s'era acceso una sigaretta.

"Voi," disse, rivolgendosi a Paolo e Marta, "rimanete qui, domani, o venite a Sabaudia?"

"Tu, Paolo," disse Marta, "che vuoi fare?"

"Quello che vuoi tu."

"Viene pure papà," intervenne Guido. "È vero che vieni, papà?"

"Non lo so," rispose Ernesto. "Dipende."

"Da che?"

"Dalla mia schiena. Stanotte non ho chiuso occhio."

"Addirittura?"

"Avrò dormito due ore."

"Non vieni, insomma..."

"Vediamo domattina."

"Che devi vedere domattina, nonno?" smettendo di parlottare col cugino, disse Elisa.

"Come starò," le sorrise, "con la schiena."

"Secondo me sarai guarito."

"Speriamo."

Guido, intanto, aveva spento la sigaretta in terra e s'era allontanato verso l'orto.

Di lì a non molto, Cristina riportò in cucina la coppa dell'insalata, depositò sulla tovaglia quella delle ciliegie, e lo seguì.

Dal tavolo al confine dell'orto, correvano una quindicina di metri, più o meno: quanto bastava a disperdere il suono.

Infatti, benché nel cortile fosse calato il silenzio – uno di quei tipici silenzi della campagna, scalfiti dal mormorio dei grilli, che durante le cene estive denunciano una improvvisa stanchezza, il bisogno d'una pausa nella conversazione – nulla o quasi si riusciva a distinguere del dialogo che si stava svolgendo fra le figure immobili una a fianco dell'altra: il viso fisso alle colline buie, le braccia lungo i fianchi. Solo tre parole pronunciate da Cristina a un tratto – "Non è possibile!" aveva esclamato con un tono di evidente disperazione – superarono la distanza e arrivarono alle sedie e alla panca. Dunque, Ernesto abbassò gli occhi; di nuovo li sollevò per scrutare il cielo nel quale erano apparse le prime stelle; aspettò che Alessandro ed Elisa, accompagnati da Marta munita di fiammiferi, girassero dietro l'angolo della casa diretti alla capanna; e a Paolo chiese: "In ospedale come va?"

"Bene. Ma il professore è micidiale. Non mi molla mai."

"Questo mi fa piacere."

"A me, meno."

"Non ci credo..."

Sul lungo rettilineo dell'Appia correva un camion.

"Io, invece," disse Ernesto nell'eco di quel tenue fragore, "sono preoccupato per Guido."

"Perché?" Paolo mostrò di stupirsi.

"Lo vedo cupo."

"Cupo?"

"Sì, cupo. E nervoso..."

Non aveva finito di dirlo, che fu obbligato a fermarsi.

"I bambini e Marta?" raccogliendo una salvietta caduta, Cristina s'informò.

"Sono in procinto di scatenare l'incendio," disse Paolo.

"Allora andiamo anche noi. Su..."

Quindi, lasciarono il cortile e si inoltrarono nel vasto prato incolto in mezzo al quale, inginocchiati, a due o tre metri dalla capanna, Alessandro, Elisa e Marta erano impegnati a soffiare sotto la catasta dei rametti e delle pigne. Osservarono il fuoco finché non si stabilizzò. Si trasferirono sulle poltroncine di vimini. Da lì controllarono le braci e nei bicchieri versarono ancora un sorso di vino. Quando le braci furono quasi invisibili tornarono al falò e, mentre Cristina scortava Elisa e Alessandro nella stanza che condividevano al primo piano, le coprirono con dei sassi. Poi, Marta andò a infilare le ultime cose nella lavastoviglie e a preparare le macchinette del caffè; Paolo prese i giornali dal sedile posteriore della macchina e salì pure lui al primo piano; Ernesto e Guido si risedettero; la luce nella stanza dei bambini si spense; Guido accese un'altra Marlboro; si udì il cigolio delle persiane; un cane abbaiò lontano; come poc'anzi, in cortile, al termine della cena, nel piazzale si ricompose il silenzio.

"Quante ne fumi?" dopo un po', Ernesto domandò.

"Tante," Guido mormorò.

"Quante?"

"Un pacchetto."

"Un pacchetto è davvero troppo."

"Hai ragione, è troppo."

"Prova a diminuirle."

"Non ci riesco."

"Perché?"

"Perché non ci riesco, papà."

Sulla soglia dell'ingresso, frattanto, era ricomparsa Cristina.

"Io, Guido," disse, "andrei a dormire."

"Ora?" tirando una boccata, disse Guido.

"Sono le dieci e tre quarti..."

"Non è presto?"

Lei era già scesa dai gradini, comunque. Indugiò un momento, incerta su quale poltroncina scegliere e si sedette in quella a fianco di suo marito; allungò le gambe; poggiò le mani sui braccioli; sbadigliò; chiuse gli occhi.

"Stasera," sussurrò, tenendoli chiusi, "non so che mi prende. Sto crollando..."

"Non sarà il vino?" lui suggerì.

"Che vino! Ne ho bevuti due bicchieri a tavola e mezzo prima di cena."

"Cos'è, allora?"

"Forse è stata quella camminata sotto il sole..."

"Io ve l'avevo consigliato," s'inserì Ernesto, "di partire più tardi."

"E non avevi torto per niente. Dovevamo partire almeno alle sette. Ma se partivamo alle sette," aprì finalmente gli occhi, "non avremmo camminato abbastanza, avremmo fatto un giretto. E noi volevamo camminare, volevamo fare un bel giro... Lo avevamo detto in macchina, vero, Guido, che volevamo fare un bel giro?"

Aveva parlato a bassa voce, lentamente: mostrando, insieme al molle desiderio di scivolare nel sonno, quello di raccogliere la seduzione della quiete notturna, resistendogli ancora per un po'.

Guido non fece finta di non accorgersene.

"È vero," confermò. "Lo abbiamo detto."

Poi, con due dita, le carezzò una guancia.

Lei, in modo da trattenerla questa carezza, piegò il viso.

Sull'Appia passava un altro camion. Dietro alle colline, era spuntata la luna.

"Ne manca solo un pezzetto," nel momento in cui il cerchio quasi completo si distaccò dal crinale buio, osservò Cristina.

"Tra due notti," disse Ernesto, "sarà piena."

"Se fossimo al mare, potremmo fare il bagno. Io adoro fare il bagno con la luna. Ti ricordi, Guido, quella volta a Patmos?"

"Sì," annuì Guido. "Me lo ricordo."

"Quanti anni fa è stato?"
"Dieci, direi."
"Sì, dieci. Era stupendo. Sulla spiaggia non c'era nessuno..."
"Qualcuno, c'era."
"Vicino alla taverna. Noi eravamo lontanissimi... Dobbiamo tornare, a Patmos... Tu, Ernesto, conosci Patmos?"
"No," disse Ernesto. "Non la conosco."
Poco dopo – Guido era di nuovo preda dei suoi pensieri – andarono a letto.

Capitolo II

Elisa era sempre la prima a svegliarsi.

Quando Ernesto entrò in cucina, la trovò che, in piedi accanto ai fornelli, beveva il latte. La portafinestra era spalancata; il sole inondava il pavimento di cotto.

"Buongiorno," disse Ernesto.

"Buongiorno," rispose Elisa.

"Hai dormito bene?"

"Io sì. E tu?"

"Discretamente."

"La schiena?"

"Va un po' meglio."

"Hai visto?"

Aveva la tazza fra le mani; negli occhi azzurri, il quieto stupore che, al risveglio, ancora per qualche tempo regala il sonno.

"Perché non prendi un po' di pane e marmellata di albicocche?" le propose Ernesto, sorvegliando la macchinetta del caffè.

"Perché adesso," mandò giù un sorso, "non mi va."

"Qualcosa, comunque, devi mangiarlo. Se non ti va pane e marmellata, ci sono i biscotti, c'è la frutta..."

Sul tavolo, stava ronzando una mosca.

"Tu, nonno," dopo un altro sorso Elisa domandò, "i sogni riesci sempre a ricordarteli?"

"Quasi mai," rispose deciso.

"E non ti dispiace?"

"No."

"Strano. A me dispiace se non riesco a ricordarmeli. Di quello che ho fatto stanotte, per esempio," rifletté un istante, "mi ricordo soltanto l'inizio..."

"Che sogno era?" con la tazzina e il piattino, Ernesto si sedette.

"Sognavo che eravamo qua, tutti insieme, in vacanza. Io ero piccola..."

"Quanti anni avevi?"

"Quattro, cinque."

"E che succedeva?"

"Che stavamo a tavola, in sala da pranzo... E, a un certo punto, io non ero più con voi: mi nascondevo..."

"Dove?"

"Nella tua stanza da letto; sotto il letto... E tu dicevi che dovevamo stare attenti..."

"A che?"

"A qualcosa, non lo so... Perché è da quel momento che non mi ricordo più nulla."

"Proprio da quel momento?"

"Sì, proprio da quel momento," confermò.

Dopodiché sgranò le pupille; depositò la tazzina, il piattino e la tazza nel lavello; tornò indietro e gli venne vicino.

"Allora," disse, "per il mare che hai deciso?"

"Per il mare? Se devo dirti la verità," Ernesto le passò un braccio attorno alla schiena, "preferirei rimanermene tranquillo a casa."

"Ad annoiarti."

“Io non mi annoio.”
“Certo. Solo tutto il giorno. Che fai?”
“Mi faccio la barba...”
“Su, nonno, non prendermi in giro. Che fai?”
“Compro i giornali e il pane, leggo, mangio, mi riposo...”
Lei, con la sapienza dei suoi undici anni e mezzo, non commentò. Stette immobile e zitta, mentre la mosca s’accaniva sulla zuccheriera, il sole le scottava i pantaloncini del pigiama celeste chiaro, e le cicale cominciavano a destarsi. Quindi, si staccò dalla sedia, e disse: “Io vado a bussare da papà e mamma e a vestirmi.”
“Sì, vai,” Ernesto tolse il braccio.
Poi l’accompagnò fino alle scale e uscì sul piazzale. Montò in macchina. Guidando adagio, arrivò allo spaccio. Comprò i giornali, il pane e una confezione di caffè. Rimise in moto e, osservando i campi gialli di stoppie, osservando le vigne, osservando gli alti eucalyptus al bordo dei fossi, ripercorse i pochi chilometri che lo separavano da casa. Parcheggiò all’ombra. Portò il pane e la confezione del caffè in cucina. Salì al piano di sopra. Davanti allo specchio del bagno, si insaponò il viso.
La ferita che, guidando verso lo spaccio, aveva sentito schiudersi nel cuore, continuava a pulsare – benché in qualche modo, osservando i campi gialli di stoppie, le vigne e gli eucalyptus, avesse cercato di cancellarla.
Così, si rasò veloce. Si sciacquò. Liberò il bagno.

Partirono alle dieci passate.
Alle undici, svoltarono sulla litoranea di Sabaudia.
Il mare era increspato dal vento.
“Volete andare avanti,” chiese Guido all’equipaggio che lo aveva affiancato alla terza piazzola di sosta, “o va bene qui?”

“Qui,” disse Marta, “c’è il vantaggio del chiosco.”

Dunque, spensero il motore. Attraversarono le dune. Sistemarono le borse a pochi metri dalla riva. Aprirono i teli. Piantarono l’ombrellone.

Non c’era ancora troppa gente. Perlomeno in quel tratto.

Marta indossava un costume blu. Cristina aveva pescato nella borsa un bikini bianco che faceva risaltare l’abbronzatura.

Ora, stese una accanto all’altra, le teste poggiate su un pezzo di legno e su una pietra piatta, intervallavano, con lunghe pause di silenzio, la tipica conversazione distratta che di solito si svolge sulla spiaggia nei primi momenti in cui ci si espone al sole.

Paolo e Guido, invece, conclusa la gara di nuoto con Elisa e Alessandro, s’erano allontanati in direzione del monte Circeo.

Sotto l’ombrellone, sdraiato su un fianco, Ernesto sembrava seguire i movimenti dei bambini: instancabili nel tuffarsi, fare le capriole, schizzarsi. In realtà, il lieve frastuono creato dalle risa, dall’intrecciarsi delle voci, dal tintinnio metallico delle sartie di una barca a vela, gli provocava un vago stordimento, nel quale i pensieri si dissolvevano non appena prendevano forma, le immagini volavano, anch’esse, al di là del limitato orizzonte sul quale teneva aperti gli occhi.

Infatti, seppure impercettibilmente, trasalì, quando, mettendosi a pancia in giù e sganciandosi il reggiseno, Cristina lo invitò a raggiungerle. Poi s’alzò in piedi, si sfilò la camicia e le si sedette accanto.

“Sono bianco cadaverico,” decretò.

“Tieni,” disse Marta, allungandogli il tubetto della crema. “È protezione trenta.”

“Sì, mettitela un po’ di crema,” approvò Cristina, con

la guancia schiacciata contro il braccio. "Soprattutto sulla schiena e sulle spalle."

"Sulla schiena," Ernesto abbozzò un sorriso, "non ci arrivo."

"Faccio io," Cristina mormorò.

Quindi si riagganciò il reggiseno; strizzò il tubetto; in ginocchio, cominciò a spalmargli la crema sulle spalle.

"Ecco," disse, quando ebbe finito.

Il vento – un ponente – era cresciuto, intanto: scuoteva con più forza le sartie della barca a vela; sfidava i gabbiani; sollevava candide spume dalle onde. Elisa e Alessandro giacevano bocconi sulla sabbia calda. La spiaggia si stava popolando.

"Paolo e Guido?" chiese Marta a un tratto.

"Gli andiamo incontro?" propose Cristina.

Era mezzogiorno.

Alle tre, dopo un breve sonno, Ernesto superò a passi lenti le onde fin tanto che non gli arrivarono allo stomaco; con una decina di bracciate si spinse dove non toccava; tornò indietro; si stese sul telo, e guardò il cielo vuoto.

Adesso, Elisa e Alessandro stavano costruendo un castello. Poco distante, Cristina parlava con una donna bruna e un uomo di mezz'età. Lui aveva i capelli striati di grigio, gli occhiali scuri, una camicia celeste tesa sullo stomaco; lei, un pareo a disegni rosa stretto alla vita; le scapole appena sporgenti sopra la fettuccia del reggiseno; i sandali in mano.

La conversazione non durò a lungo. L'uomo e la donna fecero dietrofront. Cristina si chinò tre o quattro volte a raccogliere delle conchiglie, le consegnò ai bambini perché le usassero come abbellimento del castello, e ad Alessandro che le domandava chi fossero le persone con le quali parlava, spiegò che lei era Claudia, una sua amica, lui un avvocato conosciuto in quel momento. Ernesto si infilò la camicia e s'avviò verso il chiosco.

"Ti abbiamo visto solcare le onde," lo accolse Paolo.

Sul tavolino attorno al quale erano seduti rimanevano le tazzine del caffè, le bustine dello zucchero, due bicchieri e una bottiglietta di birra.

"Tu la bevi una birra, papà?" disse Guido.

"No, grazie," rispose, orientando la sedia in modo da avere la visuale del promontorio e di uno scorcio della campagna.

Moltissimi anni prima, un pomeriggio di luglio identico a quello, risalite le dune, erano entrati nell'automobile bollente. Sulla litoranea, Carla gli aveva tenuto il broncio, per averla strappata dalla spiaggia. Ma, presto, la bellezza pomeridiana di quel lembo di terra adagiato fra le colline e il mare le aveva restituito il sorriso. Allora, rischiando parecchio nella strada stretta sulla quale bisognava sempre procedere piano, badando agli invisibili incroci con le stradine secondarie, s'era girato a baciarle una guancia e addirittura, veloce, le labbra. Poi, appena arrivati, senza spogliarsi completamente, avevano fatto l'amore. E mentre facevano l'amore, lei, all'improvviso, gli aveva sussurrato: "Tu non mi lascerai mai, Ernesto. È vero?"

Capitolo III

Paolo doveva essere in ospedale alle cinque.

"Sei sicuro che preferisci partire subito?" disse Ernesto, accompagnandolo dopo pranzo sul piazzale, mentre Elisa rimaneva nell'ingresso con Alessandro e Marta saliva al primo piano.

"Sì," disse Paolo. "Perché adesso non trovo nessuno."

"Che strada fai?"

"L'Appia e il centro. Di domenica alle tre, il centro è vuoto."

Aveva depositato le borse sulla ghiaia.

"Per venerdì, quindi," Ernesto gli toccò il braccio, "che avete deciso?"

"Guarda," aprì il portabagagli, "non credo che verremo. Io, sabato, ho di nuovo il turno..."

"Poi il sabato successivo andate in Sicilia..."

"È vero... Ma che combinano?"

"Eccole," disse Ernesto.

Marta stringeva nel pugno una maglietta bianca.

"È tua," disse, "o mi sbaglio?"

"Sì, è la mia," Paolo confermò.

"L'ho trovata in bagno."

Elisa era già in macchina.
"Non dai un bacio al nonno?" Marta la richiamò.
"Gliel'ho dato poco fa..."
"Allora, forza," disse Paolo, sedendosi al volante.
"Calma!" esclamò Marta. "Cos'è tutta questa fretta?"
"Sono le due e cinque."
"Appunto."
Ernesto s'era chinato accanto al finestrino di Elisa.
"Me la scrivi una lettera come l'altr'anno?" le disse.
"Scrivimela prima tu," fece, seria, la controproposta.
"Va bene. Te la scrivo prima io."
In salotto, Guido era disteso sul divano.
"Cristina e Alessandro?" disse Ernesto, lasciandosi cadere nella poltrona di fianco.
"Alessandro," rispose, "dovrebbe essere in cortile, o da quelle parti. Cristina è in camera."
"Tu non vai a riposarti?"
"Sì, ora vado."
Da sopra venne lo squillo di un cellulare.
"Stasera che programmi avete?" Ernesto domandò.
"Forse," Guido mise i piedi in terra, "vediamo degli amici a cena."
"Ancora non avete deciso?"
"No. È Cristina che deve sentirli... Tu, invece, che programmi hai?"
"Stasera?"
"Stasera, domani, a luglio, in agosto..."
"Perché me lo chiedi?" Ernesto increspò la fronte. "Io sto qui."
"Ho capito."
"Che hai capito?"
"Che stai qui. E vuoi restarci a tempo indeterminato: solo..."

Stavolta, Ernesto non replicò.
Fissava il camino; i due alari di ferro battuto; la poltrona dirimpetto; il cuscino, sempre sgualcito, foderato con la stessa stoffa grezza del divano; la mensola di marmo sopra il camino; la fotografia nella cornice d'argento. Così, dopo un po' che tacevano, Guido si infilò i mocassini, gli venne vicino, si sedette sul bracciolo e, quasi supplicandolo, disse: "Torna a Roma, papà..."
"No, non mi va di tornare a Roma," con un filo di voce continuò a fissare il camino.
"Potremmo vederci ogni giorno."
"Lo so..."
"Siamo tutti a un passo."
"Lo so," ripeté, mentre le pupille si appannavano e le mani erano scosse da un leggero tremore.
"Allora, dai, torna insieme a noi. Oggi pomeriggio..."
"No. Sto qui..."
Il tremore non si arrestava, intanto. Le lacrime gli rigavano le guance.
Sopra, la telefonata si stava concludendo con un appuntamento per le nove. Le cicale sembravano ammutolite.
"Scusami, papà," finalmente riuscì a dire Guido.
"Tu," Ernesto inghiottì la saliva, "non devi scusarti di niente. Sono io che devo scusarmi, semmai..."
Erano le due e mezzo.
Alle sei, la macchina scomparve in fondo al viale.
Il cielo era sereno. S'annunciava un bel tramonto.

PARTE SECONDA

Capitolo I

L'aria era ferma, su viale Liegi incombevano minacciose nuvole grigio scuro, quando, nel tardo pomeriggio del quindici settembre, Ernesto si affacciò a una delle due finestre del salotto. Quindi, non indugiò più di tanto: si infilò la giacca; dal portaombrelli estrasse l'ombrello nero; scese le scale; s'incamminò sul suo marciapiedi; all'altezza del supermercato, passò sul marciapiedi opposto.

Il supermercato era semideserto. Nel cestino, mise un chilo di pomodori, una lattuga, una scatoletta grande di tonno, un etto di prosciutto crudo, il pane, il latte, il caffè, una bottiglia di Ferrarelle e una di vino rosso, le lamette e la crema da barba. Pagò. In piazza Ungheria, al bar Hungaria, chiese un Campari soda. Uscì e tornò indietro. Lasciò i sacchetti di plastica in cucina. Si accostò alla finestra spalancata. Poggiò i gomiti sul davanzale.

Attraverso i rami dei platani, si scorgeva l'insegna al neon del centro diagnostico e di analisi Artemisia; la sagoma della Circolare in attesa, al semaforo, del verde.

A un tratto – la Circolare stava curvando in viale Rossini – scoppiò un tuono.

Di lì a non molto, ne scoppiò un altro, più vicino; un

lampo rischiarò la semioscurità del viale; le prime gocce crepitarono sulle foglie.

Il temporale, violento, durò almeno mezz'ora.

"Se vengo, mi dai qualcosa da mangiare?" mentre la pioggia scemava, al telefono chiese Guido.

"Sì, certo," disse Ernesto. "Ti aspetto."

Arrivò dopo tre quarti d'ora.

"Questo è quello che abbiamo," disse Ernesto, indicando, in cucina, l'insalata, i pomodori, il prosciutto, il pane e il tonno.

"Per me," disse Guido sedendosi, "è pure troppo."

"Non hai fame?"

"Poca."

"Come mai?"

"Boh."

Cominciarono a servirsi il prosciutto.

"Dammi notizie di Alessandro," Ernesto versò il vino.

"Sta bene," Guido mormorò.

"Cristina?"

"Anche lei sta bene," posò la forchetta e chinò il viso.

Era sudato.

"Che capita, Guido?" Ernesto domandò.

"Che ho una storia con una ragazza," rispose, continuando a tenere abbassato il viso.

"Da quando?"

"Da luglio."

"Allora sei in tempo..."

"A troncarla, intendi dire?"

"Sì."

"Perché sono un uomo sposato e ho un figlio?"

"Esatto."

"E non posso innamorarmi... È escluso..."

"No, non è escluso."

"Ah, non è escluso!" sollevò il viso.

"No."

"Dunque posso innamorarmi? Non è proibito," marcò le parole col sarcasmo che doveva nascondere l'ansia e il buio che aveva dentro.

Dopodiché scostò la sedia; dalla credenza prese un portacenere; si risedette; prima di accendere la Marlboro che stringeva fra le dita, si sporse in avanti. E disse: "Non potremmo ricominciare da capo?"

"D'accordo, ricominciamo da capo," Ernesto annuì. "Dimmi come si chiama."

"Mara."

"Quanti anni ha?"

"Ventotto."

La mattina seguente erano a un tavolino dell'Hungaria. Il sole brillava sulle rotaie della Circolare.

"Stanotte ho ripensato ai nostri discorsi," dopo aver bevuto il caffè, disse Guido.

"E a che conclusione sei giunto?" Ernesto lo scrutò.

"Alla conclusione che io così non resisto più."

"Quindi?"

"Voglio dirlo a Cristina."

"Sei pazzo?"

"Perché?"

"Perché ora non puoi decidere niente. Non lo capisci che ora non puoi decidere niente? Che in testa hai una immensa confusione? Non commettere questo errore, Guido. Ti scongiuro."

"Ma io sto male."

"Lo so."

"Malissimo."

"Lo so."

"E conta qualcosa che sto malissimo?"
"Sì, conta."
"Non sembrerebbe..."
Trascorsero tre giorni.
Il quarto, suonò il campanello.
"Hai detto tutto a Cristina," Ernesto lo anticipò.
"Sì, ieri sera," confermò.
"Le hai detto che sei innamorato di un'altra?"
"Sì."
"E lei?"
"Ha ascoltato in silenzio."
"Poi?"
"Mi ha pregato di andarmene."
"Senza aggiungere una parola?"
"Senza aggiungere una parola."
"E tu te ne sei andato?"
"Che dovevo fare?"
Sembravano divisi da un muro.
"Posso dirti una cosa?" Ernesto provò a valicarlo, al termine di un minuto almeno, scandito dal ticchettio della pendola sulla console.
"Cosa?"
"Mi dai un grande dolore."
"Perché ho avuto la sfortuna di innamorarmi?"
"No, non per quello. Perché il tuo matrimonio temo che sia finito."
"Era, già finito."
"Che ne sai?"
"Forse lo so io meglio di te."
"Sì, certo."
Passarono pochi secondi, stavolta.
"Tu mi disprezzi," Guido scosse la testa. "Pensi che sono un essere riprovevole, un mostruoso egoista."

“No,” disse Ernesto. “Non lo penso.”
“Allora, se non lo pensi, aiutami, per favore.”

Chiamò quella sera stessa.

“Vi siete visti con Alessandro?” Ernesto disse cercando di non farsi tradire dalla voce.

“Sì,” disse Guido, “ci siamo visti mezz’ora fa.”

“A casa?”

“Sì, a casa.”

“E che gli avete detto?”

“Che per un po’ abbiamo bisogno tutti e due di stare ognuno per conto suo.”

“E lui come ha reagito?”

“Ha chiesto quanto doveva durare questo periodo; io gli ho risposto che non sarebbe stato un periodo lungo, e lui non ha fiatato più... Ma, quando l’ho salutato, mi si è aggrappato alla giacca.”

“Povera creatura.”

Due giorni più tardi, alla scuola statale, elementare e materna, “Ermenegildo Pistelli” in via Monte Zebio, lo andarono a prendere.

Uscì fra i primi della sua classe.

“Hai gli occhiali,” disse Ernesto, scompigliandogli i capelli.

“Da una settimana,” disse, consegnando a suo padre lo zaino.

“Ti stanno bene.”

“È vero?” disse Guido.

Da via Monte Zebio a viale delle Milizie, non c’è molto. Camminando lentamente, occorrono una ventina di minuti al massimo.

“Per domani che compiti hai?” chiese Ernesto, quando furono in vista del portone.

"Nessuno," disse. "Domani abbiamo la gita."
"Dove andate?"
"A Villa Adriana."
"Villa Adriana," disse Ernesto, "è bellissima."
"Tu ci sei stato, papà?"
"Sì, all'età tua, più o meno."
"Con la scuola?"
"No. Mi ci hanno portato nonno e nonna. In una giornata gelida di febbraio."
"Sì," disse Ernesto, "me lo ricordo."
Erano al portone, oramai.
"Dai, Alessandro," disse Guido, "riprenditi il tuo zaino."
Poi, lo baciò.
"Lo sai che ti voglio tanto bene?" sussurrò.
La macchina era parcheggiata vicino alla scuola.
"Oggi," disse Ernesto in viale Liegi, "è il ventuno."
"Sì, il ventuno," Guido ripeté. "Venerdì ventuno settembre."
"Siamo in autunno, quindi."
"Già."
"Io, la roba pesante, l'ho quasi tutta a Sermoneta."
"Ti ci accompagno, se vuoi."
"Non hai detto che parti?"
"Sì, ma soltanto per qualche giorno."
"In Toscana, vai..."
"Vicino a Siena."
Stava accostando al marciapiedi.
"Mangiamo insieme?" propose Ernesto.
"No, papà," si scusò. "Non posso."
"Stasera?"
"Nemmeno. Mi dispiace..."
"Non importa."
Il tendone di Hungaria era affollato di gente che beveva

l'aperitivo. Di fronte all'Artemisia, un ragazzo e una ragazza guardavano delle radiografie in controluce.

"Io, comunque," disse Guido, "martedì sono a Roma."

Ritardò di ventiquattr'ore.

Il giovedì, a Sermoneta, colmarono due valigie di golf, giacche pesanti, pantaloni di velluto e di flanella; le caricarono nel portabagagli e, veloci, ripercorsero la Via dei Laghi e l'Appia.

Il sabato, al ristorante Delle Vittorie, in via Monte Santo, ordinarono tre piatti di spaghetti, una Coca-Cola, l'acqua minerale, mezzo litro di vino.

Nel breve tragitto dalla "Pistelli", Alessandro aveva risposto a monosillabi.

Ora, seduto a fianco di Guido, giocava col coltello.

"Ieri," disse Ernesto, cercando di cogliere lo sguardo dietro le lenti, "sei stato al calcio?"

"Sì," annuì.

"Ti sei divertito?"

"Sì."

"In che ruolo giochi?"

"Di solito, sulla fascia."

Il cameriere aveva portato da bere.

"Tu, papà," disse, poggiando il bicchiere della Coca-Cola dal quale aveva preso un lungo sorso, "in questi giorni dove abiti?"

"Da un amico," disse Guido.

"Lo conosco?"

"No."

"Non potresti abitare da nonno?"

"Bisogna vedere se lui mi vuole."

"Perché, tu non lo vorresti, nonno?"

"Certo che lo vorrei," Ernesto spiegò il tovagliolo.

"Hai sentito?"
Arrivarono gli spaghetti.
Dopo, chiesero una porzione di millefoglie, i caffè e il conto; attraversarono via Oslavia, piazza Mazzini e via Ferrari; in viale delle Milizie si avvicinarono alla targa d'ottone con i numeri degli interni e i cognomi degli inquilini.
"Siete voi?" nel silenzio del viale piombò la voce dall'alto.
"Sì, siamo noi, Cristina," Guido alzò il tono.
"Salite?"
Aveva le guance scavate, due segni sotto gli occhi.
"So che siete stati a Sermoneta," disse, appena si furono seduti sui divanetti ingombri di cuscini rosa, celesti e blu.
"Sì," disse Ernesto. "Giovedì. Il tempo di fare le valigie e siamo ripartiti."
"Peccato..."
Il soggiorno era inondato di luce.
"Dimmi della tua scuola," come scuotendosi, si girò verso Alessandro. "Ti hanno interrogato?"
"In storia," si aggiustò gli occhiali.
"La sapevi?"
"Abbastanza."
"Che significa: abbastanza?"
"Che non mi ricordavo delle cose."
"Cosa?"
"Adesso non mi va, mamma..."
"Ma che voto ti ha dato?"
"Non me l'ha detto."
Erano le due.
Alle due e mezzo chiamarono l'ascensore.
Alle tre, entrarono in piazza di Santa Maria in Trastevere.
Di fronte alla basilica, c'era una ragazza coi capelli corti, i jeans, una borsa piatta di stoffa a tracolla.
"È lei?" Ernesto accennò col mento.

Trastevere, nel primo pomeriggio, può dare l'impressione di un quartiere morto. Nei ristoranti e nei caffè non c'è quasi nessuno. I negozi sono chiusi. I vicoli raccolgono suoni rarefatti, voci – talvolta invisibili – che presto si spengono.

Camminavano senza meta.

"Non te lo dovevo chiedere, di' la verità," Guido ruppe il silenzio a un tratto.

"Perché?" Ernesto domandò.

"Perché hai perso la parola."

"No, non ho perso la parola."

Saranno state le quattro.

Alle sette, in viale Liegi, Cristina abbandonò la testa contro lo schienale della poltrona.

"Il problema," disse, "è che sono senza forze, ho una confusione totale..."

"Lo immagino," Ernesto disse piano.

"D'altro canto, posso lasciare mio marito a una qualunque?"

"No," di nuovo Ernesto disse piano.

"Posso mandare tutto all'aria per una stupida infatuazione?"

Era immobile: solo il respiro le sollevava leggermente la camicetta bianca. Il lume basso fra la poltrona e il divano illuminava in pieno gli occhi persi nell'ombra che cominciava a invadere la stanza.

"Io, purtroppo," congiunse le mani sotto il seno, "ho commesso un madornale errore."

"Che errore?"

"L'errore di non averlo mai tenuto per davvero sulla corda, come invece, conoscendo il suo carattere, avrei dovuto... E adesso lo sconto..."

Dal viale venivano i rumori del traffico.
"Tu, di questa ragazza, che sai?" disse dopo un doppio, nervoso, colpo di clacson.
"Poco," disse Ernesto. "Anzi, pochissimo. Fa la fotografa. Ha ventotto anni. Vive a Trastevere."
"Ha ventotto anni, fa la fotografa, vive a Trastevere..." ripeté.
"Sì."
"Tutto qui?" s'alzò.
"Sì."
"Nemmeno sai se è alta, bassa, bionda, scura, mingherlina..."
"No."
"Sarà carina, sicuramente. Vedrai..."

Passò una settimana, durante la quale il telefono squillò di rado.
Poi, una mattina, la mattina della domenica sette ottobre, Guido si sedette sul divano del salotto, si schiarì la gola e, con una voce che voleva essere normale e non lo era affatto, disse: "Mara è incinta. Aspetta un bambino."
"Oh, mio Dio..." a Ernesto mancò il fiato.
"Ieri abbiamo ritirato le analisi."
"Ieri?"
"Sì, ieri."
Il sabato successivo chiamò Cristina.
Si dettero appuntamento al caffè della Galleria Nazionale d'Arte Moderna.
"Allora," esordì Ernesto. "Come andiamo?"
"Un po' meglio," mormorò.
"Si vede."
"Quello è il fard."
Avevano chiesto due toast.

"Sai," dopo un piccolo morso, Cristina lo rimise sul piattino, "io non riesco ancora a crederci. Perché non è possibile. Fra me e Guido, c'è un legame profondo, viscerale. Non può finire così... Che passa una davanti alla finestra e questo legame viscerale di colpo si volatilizza, sparisce... Non è possibile; è assurdo... O mi sbaglio?"

"No. Hai ragione," disse Ernesto. "È assurdo."

"Distruggere una certa cosa, che ha radici, per una cosa che non esiste? Per un capriccio? Che importanza può avere un episodio, rispetto a tutto quello che due persone hanno condiviso in anni e anni? Che importanza può avere un momento di debolezza? Nessuna... Un momento di debolezza può capitare a chiunque. Si supera, se c'è un vero amore. E il nostro è un vero amore..."

Aveva pronunciato le ultime parole cedendo all'emozione.

Ora, cercava di ricacciarla indietro.

Però, anche Ernesto era prigioniero. Dunque, tacque qualche secondo, e disse: "Io ho un grande affetto per te, Cristina. E ti sono vicino più di quanto non immagini..."

"Grazie," disse in un soffio.

Poco dopo, salivano lungo la strada che, costeggiando la Valletta dei Cani, conduce a piazza di Siena.

"È caldo, oggi," disse, quando furono in vista della piazza ovale, circondata di cipressi, in cui si svolge il Concorso Ippico.

"Sembra ancora estate," disse Ernesto.

Poi svoltarono a destra sul viale nel quale affacciano i due ingressi del Giardino del Lago.

"Senti," appena ebbero varcato il secondo cancello, Cristina rallentò, "ti dispiace se ci sediamo un attimo?"

Erano a una decina di metri da una panchina.

La raggiunsero.

"Che hai?" Ernesto domandò.

"Niente," disse, asciugandosi il sudore.
Davanti a loro, una giovane mamma spingeva una carrozzina. Un'altra proibiva a un bambinetto biondo di toccare la ghiaia. Un ragazzo e una ragazza, in tuta e scarpe da ginnastica, avanzavano correndo.
"Che devo fare, Ernesto? Aiutami. Dammi un consiglio," supplicò, rimettendo il fazzoletto nella borsetta.
"È difficile darti un consiglio," Ernesto sospirò. "Perché Guido non lo riconosco più."

La macchina, l'aveva lasciata alla base della larga scalinata che fronteggia la Galleria Nazionale d'Arte Moderna.
"Domani," disse Ernesto, "venite a pranzo da Marta e Paolo?"
"Alessandro," chiuse lo sportello, "di sicuro. Io non credo."
"Vieni," insistette.
Da via Ulisse Aldrovandi, scendeva sferragliando la Circolare.
La seguiva un taxi.
Ernesto lo fermò e, dalla tasca della giacca, tirò fuori il telefonino.
Il Lungotevere Prati, il Lungotevere Castello, il Lungotevere Farnesina erano abbastanza sgombri.
In piazza di Santa Maria in Trastevere, Guido aspettava al bar coi tavolini all'aperto dalla parte opposta alla basilica.
"Sono stato insieme a Cristina fino a venti minuti fa," senza preamboli, disse Ernesto.
"Ah!" esclamò Guido. "Vi siete incontrati."
"Sì. Al Caffè delle Arti."
"E che ti ha detto?"
"Voleva sapere cosa pensavo. E mi ha chiesto dei consigli, perché non sa che fare. Quindi, ero sotto terra..."
"Lo capisco."

“Sì, lo capisci, però tu che nascerà un bambino dovrai comunicarglielo, prima o poi.”
“È ovvio. Glielo dirò.”
“Quando?”
“Non subito.”
Aveva la barba di due giorni.
“Tu,” s’accese una sigaretta, “glielo diresti adesso?”
“Sì,” rispose Ernesto. “Io glielo direi adesso. Lei sostiene che fra voi c’è un legame profondo, viscerale; che la tua è una stupida infatuazione destinata a esaurirsi. Ti pare giusto lasciarla a queste illusioni, che non esistono?”
“No.”
“Sarebbe crudele.”

Durante la notte, cominciò a levarsi un forte scirocco.
“Hai visto che ventaccio fastidioso?” disse Marta, mentre dall’ingresso passavano in salotto.
“Orrendo,” Ernesto confermò.
Elisa e Alessandro guardavano la televisione.
“Ciao, nonno,” lo salutò Elisa.
“Ciao, e basta?” la rimproverò.
Dalla cucina si spandeva un buon profumo di pasta al gratin.
“Dai, accompagnami,” Marta lo prese sottobraccio, “che devo controllare il forno.”
Sul ripiano accanto ai fornelli, c’era il piatto da portata con il roast-beef, quello con le carote, le zucchine, le patate lesse, una bottiglia di vino rosso.
“Cristina,” disse, chinandosi a guardare nel forno, “l’ho trovata molto tesa. Sofferente.”
“Lo so,” disse Ernesto. “Ieri eravamo a Villa Borghese.”
“Fa pena.”
“Sì, fa una gran pena...”
“E Guido?”

"Lui va avanti."

Nell'ingresso scattò la serratura.

"Mi lavo le mani," disse Paolo, "e arrivo."

La pasta al gratin era buonissima. Pure il roast-beef era buono.

"Noi," disse Elisa dopo la crostata, "andiamo in camera mia a giocare a scacchi."

"Chi è più bravo?" Ernesto si informò.

"Elisa," rispose Alessandro. "Senza paragone."

"Tu," disse lei, "sei agli inizi..."

Lo scirocco continuava a imperversare, frattanto: tormentava gli alberi; sui vetri, depositava minuscole gocce di acqua e sabbia.

"Vieni, papà," disse Paolo. "Ti do un whisky e ci mettiamo in poltrona."

Non aveva finito di dirlo che il citofono suonò.

"Questa," disse Marta, "è Cristina."

Sembrava di marmo.

Era quasi buio.

"Che leggi?" Ernesto chiese a Elisa raggomitolata sul divano.

"*Il barone rampante*," sollevò il viso.

"Ti piace?"

"Sì."

"Io, invece, quanto ho dormito?"

"Un bel po'."

Stava squillando il telefono.

"Vuoi che parliamo?" mentre Marta rispondeva dalla camera da letto, Elisa poggiò il libro sul bracciolo.

"Sì, parliamo."

"Di che?"

"Scegli tu un argomento."

"Uno qualsiasi?"

"Uno qualsiasi."

"Allora, fammi pensare..." si fermò qualche secondo. "Ah, sì, ecco: tu, nonno, a che età hai deciso di diventare scrittore?"

"Attorno ai vent'anni," Ernesto rifletté.

"E qual è stato il primo racconto che hai scritto?"

"Il racconto di un viaggio in Grecia."
"Poi hai pubblicato un romanzo."
"Sì."
"A che età?"
"Ventott'anni."
"Tardi!"
"Mica tanto."
In camera da letto, Marta stava salutando sua madre.
"Adesso, che romanzo stai scrivendo?" Elisa domandò.
"Adesso," Ernesto s'alzò dalla poltrona, "nessuno."
"Ma è difficile fare un romanzo?"
"Faticoso."
"Molto?"
"Sì, molto."
Aveva smesso di piovere.
"Io," disse Ernesto, "credo che me ne andrò a casa."
"Non rimani a cena?" disse Elisa.
"No."
"Perché non rimani?" disse Marta, entrando in quel momento nella stanza.
"Perché approfitto che non piove per sgranchirmi le gambe."
"Almeno aspetta che Paolo torni dall'ospedale."
"No, vado subito. Preferisco."
Erano nell'ingresso.
"Ciao, Marta," l'abbracciò. "Grazie di tutto."
"E di che?"
"Di tutto."
Quindi baciò Elisa; scese le scale.
Corso Trieste era semideserto. In via Salaria, passava qualche automobile proveniente dalla direzione della via Olimpica e del Raccordo Anulare. In via Panama, quelle che giravano da via Bruxelles, gettavano la luce dei mezzi

fari sul muro di cinta di Villa Savoia, al di là del quale sorgeva la massa tenebrosa del bosco.

Una sera – venivano da un pomeriggio domenicale simile a quello in corso Trieste – proprio lì, in quel punto di via Panama, benché leggermente, s'era sentito tirare per la manica della giacca.

"Che c'è, Carla?" aveva detto, infastidito.

"C'è," aveva detto col suo tono dolce e paziente, "che dovresti camminare più piano. Corri sempre..."

"No," aveva negato. "Non corro sempre. Non è vero."

"Sì, tu corri sempre," col suo tono dolce e paziente, aveva insistito. "Piano. Vai piano..."

Quella sera – lo ricordava perfettamente – aveva la fronte sbarrata.

Come ora.

E, a una distanza non lontana – come ora – la morte.

Capitolo II

"Vado da un'amica, Claudia, che ha una galleria qua dietro, in via Margutta," disse Cristina un pomeriggio della metà di gennaio. "Tu, invece, come mai sei da queste parti?"

"Io," disse Ernesto, "vengo da un pranzo col mio editore e successivo caffè all'Inghilterra."

"Un incontro di lavoro?"

"No. Ci conosciamo da trent'anni."

Aveva un piumino celeste, la sciarpa, i guanti.

"Visto che il caffè lo hai già bevuto," propose, "mi potresti offrire un tè."

"Certo che te lo offro," sorrise Ernesto. "Dove andiamo? Da Babington's? Al Caffè Greco?"

"Andiamo da Babington's."

Così, s'avviarono lungo via del Babuino; attraversarono piazza di Spagna; affidarono il piumino e il loden a una guardarobiera; ordinarono il tè.

"È tanto che non ci venivo," Cristina rifletté.

"Io pure," disse Ernesto.

"È sempre uguale..."

Il passaggio dal freddo al caldo le aveva acceso il viso; una luce quieta annegava nel verde smaltato degli occhi.

"Raccontami di te," disse dopo il primo sorso.

"Cosa vuoi che ti racconti?" Ernesto si schermì.

"Quello che fai."

"Niente. Non faccio niente."

"Niente non è possibile. Non scrivi?"

"No. Leggo. Anzi, rileggo."

"Un romanzo?"

"Sì. *L'uomo senza qualità*, di Robert Musil."

"Di che parla?"

"Della fine irrimediabile di un mondo, l'impero austro-ungarico, e di un uomo, Ulrich, il protagonista, che ha perso quasi tutti i punti di riferimento e i valori importanti, compresi quelli che riguardano la sua vita sentimentale; che non è limpida..."

"Perché?"

"Perché è complessa. È uno che non si concede. Ha un'amante, una certa Bonadea, della quale gli importa pochissimo, e rifiuta l'amore di un personaggio parecchio ingombrante, Clarissa: un essere fragile e violento, moglie di un suo amico, che in seguito impazzirà; e non è finita..."

"In che senso?"

"Nel senso che ha un rapporto ambiguo con sua sorella."

"Con sua sorella?"

"Sì. Agathe..."

"Lo leggerò," prese un altro sorso.

Nella sala le voci erano basse.

"Dimmi tu, ora," Ernesto finalmente disse.

"Io," esitò un istante, "sto molto con Alessandro, che ne ha bisogno; esco con degli amici; cammino: faccio lunghe passeggiate, la mattina, per tenermi in forma; vado al cinema; cucino... Nulla di speciale. Però, dormo discretamente; in montagna, ho sciato; e da qualche giorno – devo dirti – mi sento come se avessi recuperato un minimo di forze: quelle che fino a Natale mi mancavano del tutto... Per cui..."

"Sei brava," la interruppe.

"No," finì il tè.

Quando uscirono, i negozi avevano le vetrine illuminate; ma, in fondo a via Condotti, il cielo ghiacciato ancora non annunciava il crepuscolo.

La galleria era composta da un corridoio d'ingresso, una piccola rientranza con un tavolo di legno chiaro e un ambiente rettangolare piuttosto vasto.

"Claudia," aveva spiegato Cristina nel breve tragitto, "è quella bella donna con la quale mi sono fermata a parlare lo scorso luglio a Sabaudia."

Da vicino, i capelli scuri mostravano morbidi riflessi color rame; la pelle del viso, non più bruciata dal sole, era diafana, quasi madreperla; il nero delle iridi si confondeva con quello delle pupille.

"Vede le pareti nude," disse, mentre attorno al tavolo di legno chiaro si sedevano su tre seggiolette leggere, "perché da domani cominciamo a montare la mostra di un pittore giovanissimo e bravissimo: Alberto Mongelli, pugliese di Trani."

"Che quadri fa?" Ernesto domandò.

"È un figurativo onirico, diciamo. Fa nuvole, spiagge e vele... Venga all'inaugurazione: è sabato prossimo."

"Sì, vieni," disse Cristina.

Sul tavolo, oltre al telefono fisso, c'era un'agenda aperta fitta di nomi, il cellulare, una vaschetta di cioccolatini.

"Volete un cioccolatino?" Claudia li offrì. "Li ho comprati ieri a Torino."

"Mi tenti," disse Cristina.

"Lei?" si rivolse a Ernesto.

"No, grazie," rispose. "Io adesso vi lascio."

"Così presto?"

"Sì. Cercherò di venire alla inaugurazione della mostra."

"Ci conto."

Fuori, proveniente da qualche caminetto, galleggiava un buon profumo.

In piazza del Popolo, davanti a Canova, un taxi aveva appena scaricato un cliente.

"Mi dovrebbe portare a viale Liegi," stringendosi nel cappotto, Ernesto disse all'autista.

Poi, a casa, s'infilò un pullover pesante; entrò nello studio; accese il lume basso sulla scrivania e quello da terra dietro alla poltrona; si sedette in poltrona; aprì *L'uomo senza qualità* al segno: il capitolo centoventitré della Parte seconda intitolato "Inversione di rotta"; guardò gli scaffali che fino al soffitto foderavano la stanza, colmi dei libri ordinati per letterature; posò il volume sul tavolino a fianco della poltrona; dal cassetto centrale della scrivania tirò fuori una cartellina azzurra, l'aprì, e su un foglio tutto bianco, rimanendo in piedi, scrisse: "Gennaio, Roma, le giornate si allungano, profumo di inverno in via Margutta"; chiuse la cartellina e la rimise nel cassetto; si risedette in poltrona; cominciò a leggere.

Il capitolo centoventitré è il capitolo in cui – dopo tutte le visite che Ulrich ha fatto a Walter e Clarisse, l'amico e sua moglie, che suonano insieme il pianoforte come pazzi, e si torturano non riuscendo a superare le barriere insormontabili che ostacolano il loro amore – è lei, Clarisse, che, sorprendendolo, va da Ulrich. Clarisse è una piccola donna inquieta che nel corpo irrigidito da una spasmodica tensione nasconde, oltre al germe della follia, la memoria dolorosa di un abuso sessuale subito da ragazza. Vorrebbe convincersi che suo marito è un genio; vorrebbe superare la carne e ruotare nelle sfere celesti; è contraddittoria, confusa; sente che le mammelle si gonfiano se pensa a un figlio, ma, a Walter che lo vorrebbe, lo nega; ed è attratta irresistibilmente dall'uomo senza qualità. Adesso, visto che lui esita, si è decisa a sedurlo. È molto agitata, straparla. Gli rivela che Walter le chiede un figlio e lei non lo vuole, mentre invece lo vuole da lui, da Ulrich. Poi, siccome Ulrich continua a resisterle, lo sfida, dicendogli: "Da molto tempo vorresti prendermi fra i denti della tua bocca bugiarda e portarmi via" e, sul divano, gli sale addosso baciandolo e stringendolo spasmodicamente con le gambe. Ulrich, però, non cede; neppure quando minaccia di ucciderlo. Quindi, lei di colpo si stacca, accetta il rifiuto sorridendo ironicamente, e si congeda. "È meglio che tu non parli a Walter di questa visita," suggerisce, "e i discorsi che abbiamo fatto rimangano fra noi fino alla prossima volta."

Ernesto abbassò il romanzo sulle ginocchia; con fatica si alzò; in salotto, si versò un dito di whisky.

Due secondi dopo, squillò il cellulare.

"Sto bene," rispose. "Anzi, a dir la verità, non tanto."

"Perché?" domandò Guido.

"Ho freddo e ho i brividi."

"Misurati la febbre."

"Sì, ora me la misuro. Tu, piuttosto, come stai?"

"Me la cavo."

"Mara?"

"Lei sta benissimo. Ma ci piacerebbe vederti: non ci vediamo mai. Vieni a cena, una sera."

"Sì, una sera vengo."

Era sulla soglia dello studio. Riaprì e richiuse il cassetto della scrivania. Spense le luci. Finì il whisky. In bagno, nell'armadietto delle medicine, scovò il termometro e la scatoletta dell'Aspirina. Si spogliò e si mise a letto.

Il sabato, telefonò Cristina.

"Ti ricordi che stasera c'è l'inaugurazione della mostra?"

"Già. È vero."

"Ci vediamo lì?"

"Sì."

Stava leggendo. Lesse un'altra ora; si cambiò la camicia; chiamò il taxi; si fece lasciare in piazza del Popolo; da via del Babuino, svoltò in via Margutta.

La galleria era piena di gente.

"Benvenuto!" esclamò Claudia, andandogli incontro.

I quadri erano di dimensioni minori di quanto avesse immaginato conoscendo i soggetti – mare, nuvole, spiagge, cieli – e, in ognuno, era presente una minuscola, talvolta quasi invisibile, figura umana.

"Che ne dice?" chiese Claudia, quando ne ebbero guardati cinque o sei.

"Le dico che mi piacciono molto. E che i colori sono sorprendenti."

"Sì, sono sorprendenti. Ma, soprattutto, c'è questo slancio visionario... Io me ne sono innamorata subito..."

In quel momento, le passava accanto un uomo giovane, corpulento, con una grande barba.

"Eccolo il nostro artista," lo afferrò per un braccio. "Fermati. Non scappare..."

"No," sorrise. "Non scappo."

"Bravo. Lui è Ernesto Chiarini..."

"I suoi quadri sono molto belli," Ernesto gli strinse la mano.

"Grazie," accennò un piccolo inchino.

"Lei vive in Puglia?"

"Fra la Puglia e Roma."

Cristina, intanto, s'era liberata del signore brizzolato in giacca blu che la bloccava nella parte opposta della sala.

"Beviamo un bicchiere di vino?" disse, appena fu a una distanza tale da poter sovrastare l'intrecciarsi delle voci e la musica di sottofondo.

Quindi, abbandonando il pittore, si fecero servire tre bicchieri di vino bianco e brindarono in onore della mostra; continuarono a parlare dei quadri, venendo continuamente interrotti dai saluti dei nuovi arrivati, da commenti elogiativi, da richieste di informazioni; si spostarono verso l'entrata, dove c'era meno assembramento; finirono il vino bianco; Cristina abbracciò e baciò un amico e si allontanò; specchiandosi nel vetro della porta, Claudia scostò una ciocca di capelli dalla fronte con un movimento veloce delle dita.

"Noi," disse, "più tardi, con Mongelli, sua moglie, Cristina e pochi altri, andiamo a cena in un ristorante di via dell'Oca. Se volesse unirsi, sarei contenta."

"Anch'io verrei volentieri," disse Ernesto.

"Però non può."

"No."

"Peccato. Comunque, torni a vederli questi quadri, con meno confusione. Meritano."

"Ha ragione. Tornerò."

Fu di parola: il sabato successivo.

Lei non sembrò stupita. Rispose al suo gesto di saluto dalla soglia; chiuse la telefonata che stava facendo; lo raggiunse nella sala rettangolare.

Era già buio da parecchio. Alle otto, protetti dallo stesso ombrello, percorsero via Margutta, badando a non scivolare sui sampietrini, e in piazza del Popolo optarono per il ristorante nel quale c'era stata la cena dopo il vernissage; mangiarono un piatto di ravioli e un dolce; riaprirono l'ombrello; montarono sulla sua macchina parcheggiata nella rampa del Pincio.

La casa, proprio all'inizio di via Giulia, a fianco della chiesa di San Giovanni dei Fiorentini, era al quarto piano.

Si vedevano le luci del Gianicolo, l'acqua gialla del fiume, i palazzi della sponda opposta.

"Ha una vista stupenda," disse Ernesto.

"Sì," convenne Claudia. "Devo ammetterlo. Prima ci abitava mio padre. Me l'ha lasciata, insieme alla galleria, quando si è trasferito a Torino... Mia madre, invece, continua ad abitare nell'appartamento di viale Parioli dove sono nata e rimasta fino a ventidue anni."

"Ma guarda!"

"Perché?"

"Io abito lì vicino."

"Lo so. Me lo ha detto Cristina: in viale Liegi."

Erano ancora davanti alla finestra della stanza che evidentemente fungeva da salotto, soggiorno e sala da pranzo.

"Io," disse Claudia, "ho una gran nostalgia di viale Parioli, della colazione al Cigno, dei pomeriggi al Parco dei Daini... Lei ci va al Parco dei Daini?"

"Di rado. Ci andavo con mia moglie; dopo pranzo."

"Io, da sola, o con una amica, qualche volta... Adesso," si scosse e lo precedette verso il sofà, "se ho voglia di camminare, faccio da qui alla galleria a piedi, oppure, da piazza di Spagna, salgo a Villa Borghese e arrivo al Giardino del Lago."

"Non male, come passeggiate."

"No. Non male."

Aveva le labbra dischiuse, una gamba accavallata sull'altra, le braccia intrecciate sotto il seno.

Provando un desiderio improvviso di respirare il profumo della sua pelle, di accostare la bocca alla sua bocca, di carezzarle il seno, Ernesto piegò la schiena in avanti e disse: "Io, ora, in questo periodo, non mi trovo tanto bene a Roma."

"Dove vorrebbe stare?"
"Non mi viene in mente nessun posto."
"Nessuno?"
"Nessuno."
Sul Lungotevere era sfrecciata un'automobile.
"Pensa che sono un uomo molto noioso?" voltandosi, mormorò.
"No," rispose seria. "Non lo penso."
Si baciarono con cautela: senza sfiorarsi.
Poi, Ernesto si alzò dal sofà; si riaccostò alla finestra; osservò il fiume, il Gianicolo, la pioggia, e, dandole le spalle, disse: "Io non sono in grado... Non posso..."

Quella notte stessa la sognò. Erano, ancora ragazzi, seduti uno accanto all'altra in un grigio pomeriggio di novembre.

"Tu quanto mi vuoi bene, Carla?" le chiedeva, mentre si alzava dal divano. "Volerti bene?" scrollava le spalle. "Perché dovrei?" Poi, spariva, di colpo.

Mancavano dieci minuti alle quattro.

Alle sei, era in piedi. Alle otto, arrivò dal giornalaio e da Hungaria. Alle nove, aprì *L'uomo senza qualità* e dopo due pagine lo richiuse. Su un foglio nuovo, scrisse: "La prima volta. La sua arrendevolezza. La sua emozione. Quella di entrambi" e lo mise nella cartellina azzurra. Alle undici, telefonò a Guido e combinò di andare a cena da loro il martedì sera. A mezzogiorno, si spinse fino al Parco dei Daini e tornò indietro. All'una, scese dal taxi in corso Trieste, chiamò l'ascensore, entrò nell'ingresso, baciò Elisa, si sedette al tavolo da pranzo.

Alle due, un raggio di sole crudo illuminava, sulla tovaglia candida, la brocca semivuota dell'acqua; un fondo, nel bicchiere di Paolo, di vino rosso; il vassoio d'argento con le tazzine del caffè che Marta aveva appena depositato accanto alla coppa della macedonia di frutta.

“Sei di cattivo umore, nonno?” disse Elisa scrutandolo, mentre girava lo zucchero.

“Perché?” Ernesto la scrutò a sua volta.

“Non lo so. Stai zitto...”

“Non essere noiosa, Elisa,” intervenne Marta.

“Che ho detto?”

“Niente,” Ernesto la rincuorò.

Paolo, nel frattempo, aveva risposto al cellulare.

“Chi era?” chiese Marta, quando la breve conversazione finì.

“Una seccatrice ansiosa. Ma mi tocca andarci,” sospirò.

“Adesso?”

“Sì. Adesso.”

“Dove sta?”

“In viale di Villa Grazioli.”

“Ci vai a piedi?” Ernesto domandò.

“Pensavo.”

“Allora vengo con te.”

S’infilarono i cappotti, dunque; Paolo prese la sua valigetta con lo stetoscopio e lo strumento per misurare la pressione; scesero le scale.

Camminavano di buon passo.

“Martedì sera,” disse Ernesto sulla salita di via Chiana, “sono a cena da Guido.”

“Noi,” disse Paolo, “ci siamo stati sabato scorso. Lei ha l’aria timida in un primo momento. Poi si scioglie.”

“È vero.”

“Non è antipatica.”

“No.”

Cinque minuti dopo, da via Salaria, entravano in viale di Villa Grazioli.

“Che fai? Te ne vai a casa?” chiese Paolo sotto il portone della sua paziente.

"Sì. Credo che me ne andrò a casa."

Invece, non ci andò. Da piazza Ungheria proseguì in viale Parioli. Si fermò davanti alla vetrina della libreria Manzoni. Da piazza Santiago del Cile, salì in via Bertoloni. Arrivò alla Galleria Nazionale d'Arte Moderna. Attraversò la Valletta dei Cani e viale Rossini. Finalmente, alle quattro, esausto, si distese sul divano.

Voleva dormire. Cancellarsi.

Non ci riuscì.

Teneva gli occhi chiusi. Scivolava in brevi momenti di un dormiveglia assai più contiguo alla coscienza che al sonno. Riapriva gli occhi. Riscivolava in quel dormiveglia faticoso.

Così, lasciò il divano; si lavò la faccia; su un foglio pulito, scrisse: "Pomeriggio domenicale di gennaio. In una casa vuota, un uomo siede dietro al suo tavolo da lavoro. È l'autore di quindici romanzi. Ora, da quasi un anno e mezzo, non fa più niente. La sola idea di trovarsi ogni mattina di fronte a quello spazio bianco gli provoca, infatti, una sensazione di panico e di sgomento. A volte, capita che situazioni per così dire anonime della vita quotidiana illudano lo scrittore che da un anno e mezzo non fa più niente a pensare che in loro stesse possa dischiudersi un qualche spiraglio che lo condurrebbe da qualche parte. È il caso, ad esempio, del pomeriggio domenicale di gennaio. Lui, tempo addietro, in un altro foglio, ha già scritto: 'Gennaio, Roma, le giornate si allungano, profumo di inverno in via Margutta.' Adesso, essendo reduce da una lunga camminata sfiancante che da corso Trieste lo ha spinto addirittura sino alla Galleria Nazionale d'Arte Moderna, potrebbe aggiungere qualche parola a quelle del precedente appunto. Potrebbe, semplicemente, provare a descrivere la luce di gennaio che, fra le tre e le quattro, rimanendo invernale, non è più una luce invernale e squarcia uno spazio nuovo.

Potrebbe descrivere le facciate dei palazzi di viale Parioli, con i vetri che riflettono il sole nei piani alti. Potrebbe definire il colore del cielo su via Aldrovandi e la Valletta dei Cani. Se non lo fa, è perché nel momento in cui sta per decidersi, la situazione anonima che credeva nascondesse in sé uno spiraglio, mostra di colpo, impietosamente, la sua irrilevanza. Una luce invernale, non più invernale, squarcia uno spazio nuovo... Che vuol dire? Nulla..." finì di scrivere e in silenzio ripeté. Poi, posò la penna; chiuse il cassetto; telefonò per un taxi.

"Sono Ernesto," disse al citofono, dopo essersi schiarito la gola.

"Ti apro," disse Claudia, "o vuoi che scendo?"

"Come preferisci."

Aveva una gonna di flanella grigia, un golf celeste carta da zucchero.

"Ieri," disse Ernesto, "sono fuggito."

"No," scosse la testa. "Non sei fuggito."

"Ma sì," sorrise. "Sono fuggito."

Erano separati dal cuscino centrale del divano.

"Perché non vieni più vicino?" Claudia lo guardò.

Quindi si spostò e le venne vicino; si girò; premette le labbra contro le sue labbra; riconobbe il sapore acerbo della saliva e il profumo asciutto della pelle priva di trucco; le carezzò i capelli e la nuca; di nuovo la baciò sulla bocca.

"Andiamo di là?" alzandosi, Claudia disse piano.

La camera non era completamente al buio: la luce del corridoio lambiva la trapunta del letto; un riflesso dei lampioni del Lungotevere arrivava al soffitto.

Ernesto si tolse la giacca e si allentò la cravatta; cominciò a slacciarle i bottoncini del golf celeste che indossava su una blusetta chiara; le sganciò il reggiseno; le cercò la cerniera lampo della gonna; la fece distendere; le sfilò insieme le calze e le mutandine; le affondò il viso tra le gambe; finì di spogliarsi; con forza le entrò dentro e rimase immobile.

Ma non era il precipizio: il contrario, sentire sotto di sé il corpo immobile come il suo, e tuttavia pronto a sciogliere il nodo del desiderio; la punta irrigidita dei seni; il ventre piatto; il morbido gonfiore del grembo. Così, trascinato dall'onda che gli attraversava il sangue, le baciò la bocca per avere di nuovo il sapore infantile della saliva sulle labbra; le baciò il collo, le spalle e il petto; si trattenne; senza più trattenersi, si abbandonò. Poi, appena il respiro si calmò, le scivolò accanto.

Aveva, alla sua destra, un armadio a cassettoni e un comodino; a sinistra, vicino alla finestra, una sedia ingombra di vestiti; di fronte, un comò sormontato da uno specchio.

"Io," disse Claudia scendendo dal letto, "vado in bagno."

Quando tornò, Ernesto le porse una cornicetta d'argento.

"Questa," disse, "sei tu?"

"Sì, a vent'anni."

"Nella casa di viale Parioli?"

"In salotto."

La fotografia non era a colori: faceva risaltare il contrasto fra il nero profondo degli occhi velati dalla frangia bruna e il candore della pelle.

"Chi te l'ha scattata?" le chiese.

"Mio padre," la rimise a posto accanto a una cornice della stessa misura, all'interno della quale – sempre in bianco e nero – si vedevano un uomo e una donna, su un divano.

La donna era minuta; l'uomo, robusto, stempiato, esibiva un'aria molto sicura di sé.

"Sono i tuoi genitori?"

"Sì, sono loro."

"L'hai fatta tu?"

"Lo stesso giorno di quella mia. Era un venerdì. Il lunedì, papà ha levato le tende."
"Se ne è andato di casa?"
"Sì. È venuto a vivere qui."

Via Giulia, come la parallela via di Monserrato – nella quale c'era il ristorante in cui avevano cenato – era spazzata dalla tramontana.
Infatti, erano intirizziti.
Ma il taxi non tardò.
"Ciao, Ernesto," disse Claudia.
"Ciao, Claudia," disse lui.
Il Lungotevere, dal largo di San Giovanni dei Fiorentini al ponte di Castel Sant'Angelo, all'Ara Pacis, al Ministero della Marina di fronte al quale sventolavano le bandiere, era sgombro. Pure viale Bruno Buozzi, coi suoi portoni chiusi, era sgombro.
In giro, non c'era nessuno.
A piazza Pitagora squillò il telefonino.
"Come va?" Guido domandò.
"Discretamente," rispose.
"Sei a casa?"
"No. Su un taxi."
"Dove sei stato?"
"A cena fuori."
"Con chi?"
"Con un'amica di Cristina che ha una galleria in via Margutta."
"Claudia..."
"Sì. È simpatica..."
"Molto."
"Aveva un marito impossibile: un rozzo."
"Non me ne ha parlato."

Da viale Parioli si vedevano le luci di Hungaria.
"Noi," disse Guido, "stiamo insieme martedì sera."
"Certo," disse Ernesto. "Martedì sera."
Poi, pagò il conducente; entrò in casa; in camera da letto, aprì le coperte, si spogliò e spense la luce.

Stavano al Parco dei Daini, su una panchina al sole; dopo pranzo.

Carla aveva il cappotto slacciato, le gambe distese sulla ghiaia, gli occhiali scuri fra i capelli. "Dimmi la verità," gli chiedeva: "tu mi hai tradita?" Quindi, per poterlo abbracciare, si spostava un po' di lato e di tre quarti; e, tenendogli la testa contro il petto, invece di ripetere la domanda, in un tono di voce sommesso gli diceva: "Comunque, anche se mi hai tradita, torna da me, Ernesto, te ne prego... Torna da me..." Dopodiché, senza aggiungere una parola, smetteva di tenerlo contro il petto: facendo diventare, in un battito d'ali, inconsistente l'abbraccio miracoloso; si calava gli occhiali scuri sul naso; essendo già lontana, non si voltava indietro; seguendo il passo aereo che, in un altro battito d'ali, quasi sollevandola dal suolo, l'aveva condotta ai confini del parco, spariva del tutto...

All'alba, Ernesto trascrisse il sogno; si fece la barba; scese a comprare i giornali e a bere il caffè; risalì e le telefonò. Alle due e mezzo la passò a prendere.

La tramontana era diminuita.

"Mongelli ti manda i suoi saluti," disse Claudia sulla salita del Pincio.

"Grazie," sorrise. "Ricambiali."

"Domani va a Parigi da un gallerista che conosco. Speriamo bene..."

Erano alla seconda curva.

All'altezza della Casina Valadier, invece di affacciarsi alla terrazza, imboccarono il viale diritto, bordato di lecci, che porta a piazza di Siena e al Giardino del Lago.

"Vuoi che proseguiamo per il Parco dei Daini?" disse quando furono a piazza di Siena, "o vuoi fermarti?"

"Fermiamoci," disse Ernesto indicando una panchina.

Avevano il sole in faccia.

"Nei punti in cui è riparato," Claudia abbassò la linguetta della giacca a vento, "l'aria è quasi primaverile."

"Sì, è quasi primaverile," Ernesto confermò.

Sulla salita, e dopo, mentre procedevano verso il Giardino del Lago, aveva immaginato di dirle: "Non sarebbe meglio, Claudia, se considerassimo conclusa questa cosa, e ci salutassimo?"

Ora, una macchia oscura gli si allargava nel cuore.

"Tu sei una donna molto bella. Lo sai?" finalmente disse.

"Non dire sciocchezze," si schermì. "Che ho di tanto bello?"

"Gli occhi."

"E poi?" si voltò. "Che altro?"

"Un corpo stupendo."

"Figurati!"

"E un magnifico sorriso."

Stavolta non replicò.

Era arrossita, tuttavia.

Così, Ernesto le circondò le spalle con un braccio; la baciò su una tempia; le baciò i capelli; la strinse e, in quella posizione scomoda, la guancia contro la guancia, le disse: “Io non pensavo mai che sarebbe accaduto. Mi credi?”

“Sì, lo credo,” disse.

“Non volevo, che accadesse.”

“Lo credo,” ripeté.

“Invece ho incontrato te...”

“Anch’io ho incontrato te.”

“Ma io sono un uomo anziano.”

“Non sei anziano.”

“Ho sessantacinque anni e tu ne hai quarantacinque.”

“Lo so.”

Trascorse una mezz’ora.

Alle quattro, ripercorsero il viale bordato di lecci fino alla Casina Valadier; scesero in piazza del Popolo; proseguirono in direzione di piazza di Spagna e tornarono indietro; in via Margutta, tirarono su la saracinesca.

“Ci vediamo stasera?” disse Claudia.

“Sì,” disse Ernesto. “Ci vediamo stasera.”

Poi, lei entrò nella galleria; lui si allontanò lentamente e montò su un taxi; in un quarto d’ora fu a casa; si sedette in poltrona; dalla tasca della giacca estrasse il cellulare.

Rispose Elisa.

“Che stavi facendo?” le chiese.

“I compiti,” rispose asciutta.

“Che compiti?”

“Storia. Gli antichi egizi.”

“I faraoni...”

“Sì, i faraoni, il culto dei morti, l’oltretomba, quelle cose lì... Ma tu chi cercavi? Papà?”

“No. Volevo sapere come stavi.”

“Bene. Domenica vieni?”

“Sì.”

Aveva gli occhi appannati; quella macchia nel cuore.

Quindi si scosse. Aprì *L'uomo senza qualità* e, distraendosi di continuo, lesse una ventina di pagine; lo chiuse; prese il mazzo delle chiavi; attraversò piazza Verdi e il Parco dei Daini avvolto nel buio; costeggiò piazza di Siena; in piazza del Popolo, da Canova, ordinò un whisky e lo ingoiò in un sorso; svoltò in via Margutta.

Mancava poco alle sette e mezzo.

Alle otto, erano in via Giulia. Sul sofà.

"Oggi pomeriggio," disse Claudia, "mi hai fatto dei complimenti bellissimi."

"Ho detto la verità," Ernesto mormorò.

"Io non ho un corpo stupendo."

"Ti sbagli. Tu hai un corpo stupendo. E te lo dico perché è stupendo, se vuoi..."

"Sì," rise. "Dimmelo. Perché?"

"Dovresti spogliarti."

"Qui?"

"Dove ti pare."

"Allora in camera da letto."

Dunque, entrarono in camera da letto; lui, dalla parte della finestra, si distese sul letto; lei, nello spazio tra la finestra e il letto, cominciò a spogliarsi.

Quando fu nuda, fece un passo in avanti; si tolse l'orologio e lo posò accanto al lumetto sul comodino; abbandonò le braccia lungo i fianchi e, scrutandolo dall'alto in basso, disse: "Che devo fare? Rimanere in piedi, o mi fai posto?"

"No," disse Ernesto. "Ti faccio posto."

Poi, con la punta delle dita, le sfiorò il mento, il collo, la sommità delle spalle, i seni illuminati dalla luce arancione proveniente dal lumetto sul comodino, lo stomaco, l'ombelico, il ventre, la fessura fra le gambe, le gambe, le ginocchia, ancora il ventre, i seni, il collo, e disse: "Il tuo è il corpo più segreto che ho mai visto."

"Segreto?"
"Sì, segreto..."

Alle undici, era in viale Liegi.

A mezzanotte, grazie al secondo whisky bevuto in via Giulia, e a quello bevuto nello studio, si addormentò.

Alle tre, come se una lampadina gli si fosse accesa all'interno del corpo, si svegliò tremando.

Aveva sognato che da svariati mesi non sapeva dove fosse; che alla lettera, consegnata a sua madre perché gliela recapitasse, nella quale scriveva: "Se sei innamorata di un altro, Carla, devi dirmelo...", aveva risposto con un biglietto consegnato a mano, ridendo, in cui erano contenute solo queste due parole terribili: "Forse sì..."; che, al telefono stavolta, le chiedeva: "Chi è questa persona?" e lei taceva: taceva inesorabilmente... finché il sogno si era interrotto, di colpo s'era accesa quella lampadina...

Passarono alcuni minuti. Alle tre e dieci, si alzò. Trascrisse il sogno e infilò il foglio nella cartellina azzurra. Richiuse la cartellina. Ingoiò la pillola del Minias che si era dimenticato di prendere. In bagno, si guardò allo specchio e, mentre osservava i ciuffi grigi nei capelli scomposti, i segni del viso, pensò: fra quindici anni avrò ottanta anni, ed ebbe paura. Tornò a letto. Contò quindici anni all'indietro. Ne contò dieci, cinque. Cambiò posizione: da quella supina a quella fetale, e allungò un braccio dall'altra parte sotto le lenzuola. Contò i mesi, cominciando dalla mattina di luglio a Sabaudia, e si accorse che sette mesi erano volati via in un soffio. Di nuovo cambiò posizione e pensò che se sette mesi erano volati via in un soffio, anche cinque, anche dieci, anche quindici anni sarebbero volati via, e, appena ebbe formulato questo pensiero, avvertì un imprevedibile sollievo, quasi un senso di liberazione. Cercò di rimanere immobile. Non pensò più a nulla. Lentamente, scivolò nel sonno.

Ne emerse abbastanza tardi.

Alle dieci uscì di casa; da Hungaria prese un caffè; all'edicola di viale Parioli comprò il *Corriere della Sera* e *la Repubblica* e si incamminò per viale Rossini; arrivò alla panchina di piazza di Siena; dette una occhiata ai titoli e lesse un paio di articoli sul *Corriere* e un paio sulla *Repubblica*; fissò per qualche secondo i meravigliosi cipressi, custodi della piazza, respirò profondamente e si mosse; dalla Casina Valadier scese in piazza del Popolo; da via del Babuino entrò in via Margutta.

Ma la galleria aveva la saracinesca abbassata: all'attaccapanni non era appesa la sua giacca a vento imbottita, né una sciarpa, né un cappotto; il tavolo era in ordine; nello spazio fra la saracinesca e la porta a vetri, giacevano dei dépliant e delle lettere. Quindi, indeciso se andarle incontro per via Margutta o via del Babuino nella eventualità che stesse venendo a piedi, aspettò, scrutando il fondo della strada, un quarto d'ora; tornò in piazza del Popolo e si sedette a un tavolino all'aperto di Canova, dal quale poteva controllare il passaggio delle automobili; lesse, distrattamente, un altro articolo del *Corriere* e un altro della *Repubblica*; rientrò in via Margutta; vide da lontano che la saracinesca era sempre calata e la strada era vuota, e per via del Babuino s'avviò verso piazza di Spagna; in via Condotti s'affacciò al Caffè Greco; fece il suo numero, ascoltò l'anonima voce femminile che lo dichiarava momentaneamente indisponibile e cominciò a salire la scalinata di Trinità dei Monti; quando fu in cima, si fermò a prendere fiato, e, un'ultima volta, abbracciò con lo sguardo via Condotti – da dove poteva venire – e piazza di Spagna; si girò; al parcheggio dei taxi di fronte all'hotel Hassler aprì lo sportello del primo della fila.

Erano le undici e mezzo.

A mezzogiorno, si fece viva.

“Sei in Galleria?” le chiese.

“No,” disse Claudia. “Sono a Torino.”

“A Torino?”

“Mio padre stanotte ha avuto un ictus e sta malissimo.”

“Che vuol dire: malissimo?”

“Che i medici non mi hanno dato nessuna speranza.”

Si udivano delle voci.

“Chi c’è lì?” Ernesto domandò.

“La compagna di mio padre e suo figlio... Adesso, però, scusami, mi chiamano,” cambiò improvvisamente tono, “devo andare...”

Ritelefonò alle otto.

“Mio padre è morto,” disse, singhiozzando.

Passarono secondi lunghissimi.

“Non sono riuscita nemmeno a fargli una carezza,” ansimò, appena i singhiozzi si placarono. “L’unica consolazione è che non ha fatto in tempo a guardare in faccia la morte... Mio padre non sopportava l’idea della morte. Non avrebbe potuto affrontarla, da malato, guardandola in faccia...”

“Quanti anni aveva?”

“Settantotto. Ci siamo visti venti giorni fa, qui a Torino. Era in forma smagliante. Voleva programmare un viaggio in India. E ora è finito tutto. È pazzesco...”

“Sì, è pazzesco,” Ernesto disse piano.

Aveva, davanti a sé, un foglio pieno di frasi iniziate e non concluse; la poltrona; il tavolino accanto alla poltrona con sopra *L’uomo senza qualità*; il buio di viale Liegi. Dentro, nuovamente, la voragine che la notte precedente lo aveva costretto ad alzarsi. Dunque, non aggiunse una parola. Lasciò che, all’altro capo del filo, nel racconto della sveglia notturna, della corsa all'aeroporto, dell'attesa fuori della camera di rianimazione, si ricomponessero lo smarrimento e il dolore. Poi, quando la telefonata terminò, stracciò il foglio, si mise il cappotto e uscì per andare a cena a Trastevere da Guido e Mara.

Claudia tornò il venerdì mattina.

Nel primo pomeriggio, si incontrarono sotto casa di sua madre, in viale Parioli. Con la macchina, da via Lagrange salirono in via Bertoloni; da piazza Pitagora imboccarono via delle Tre Madonne e via Ulisse Aldrovandi; costeggiarono il muro esterno del Giardino Zoologico; svoltarono a destra sul piazzale della Galleria Nazionale d'Arte Moderna; posteggiarono davanti alla Facoltà di Architettura; si sedettero nella terrazza del Caffè delle Arti.

C'erano tre studenti coi rotoli dei disegni; due signori di mezza età; una coppia impegnata in una accesa discussione.

La giornata era soleggiata; priva di vento.

"Voglio dirti una cosa," Claudia tolse il cucchiaino dalla tazzina.

"Cosa?" disse Ernesto.

"Non credevo che nella vita si potesse soffrire tanto."

I tre studenti ridevano.

"Io adoravo mio padre..." li guardò.

Nello stesso istante, seguita da un uomo giovane, bruno, Cristina oltrepassò la siepe di recinzione ed entrò nella terrazza.

“Lei è Claudia, lui è mio suocero Ernesto, lui è Marco,” dopo aver abbracciato Claudia, fece le presentazioni. Quindi, al termine di una breve pausa di silenzio durante la quale si udì il cinguettio degli uccelli negli alberi, si rivolse a Ernesto, e disse: “Sei sparito.”

“È vero,” ammise.

Claudia era rimasta in piedi.

“Che fate? Vi sedete?” disse.

“No,” rispose Cristina. “Beviamo un caffè al volo. Marco ha lezione e io devo accompagnare Alessandro al nuoto.”

“Come sta?” Ernesto domandò.

“Bene, direi.”

“Mercoledì lo vado a prendere a scuola.”

“Sarà contentissimo.”

Il suo amico aveva ricevuto una telefonata, frattanto. Così, si riavvicinò a Claudia e disse: “Ti ho pensata tanto.”

Ma Claudia tacque.

Con la stessa espressione assente che aveva negli occhi quando era uscita dal portone di sua madre, accennò un sorriso che subito svanì. Anche Ernesto tacque. Si salutarono. Cristina e il giovane professore d’architettura andarono dentro il bar a bere un caffè al volo.

Capitolo III

Pioveva sempre.

"Hai ragione, è sfiancante," diceva Claudia quando si sentivano, la mattina. Oppure: "Quanto durerà l'inverno?" Però, benché con quelle frasi cercasse di mostrare il contrario, in fondo al cuore questo clima uggioso non le dispiaceva affatto: i cieli velati o gonfi di nuvole nere, le facciate livide dei palazzi, gli alberi ancora irrigiditi, rispecchiavano la sua desolazione; cullavano il desiderio inconfessabile di non risollevarsi.

Passarono circa tre settimane in tal modo. Ernesto andava in galleria attorno alle sette; chiudevano; raggiungevano la macchina parcheggiata sul Lungotevere o sulla rampa del Pincio; cenavano in uno dei tanti ristoranti nella zona di via Giulia o di piazza Campo de' Fiori; salivano a casa; se c'era qualche film, accendevano la televisione e spesso la spegnevano prima che finisse; riprendevano un discorso interrotto al ristorante; ne cominciavano un altro; telefonavano al taxi.

Poi, una sera, mentre stavano per chiamarlo, lei gli levò il cellulare dalla mano, gli serrò entrambi i polsi e, fissandolo negli occhi con le pupille dilatate, disse: "Mi dispiace molto, Ernesto; molto..."

"Cosa ti dispiace?" Ernesto domandò.
"Di essere in questo stato."
"Quale stato?"
"Dai! Non far finta..."
Gli aveva lasciato i polsi.
"Che pensi?" dopo qualche secondo, sussurrò.
"Che sei stata fin troppo brava," le rispose deciso. "È passato talmente poco tempo..."
"A me pare un secolo," chinò il viso. "Non è curioso?"
"No."
Aveva le labbra dischiuse. Scrutava il pavimento.
"Insomma," sospirò a un tratto. "Non so che mi sta capitando. La notte faccio dei sogni orribili."
"Dimmene uno."
"No."
"Perché?"
"Perché è meglio."
Quindi si girò; dal tavolino accanto al divano recuperò il cellulare; glielo restituì e disse: "Su, chiama il tuo taxi."
Allora Ernesto le circondò le spalle con un braccio e disse: "Vuoi proprio che me ne vada?"
"Sì," insistette. "Vai. Stasera ti ho già afflitto abbastanza."
"Non è vero," le cercò la bocca.
Ma era come baciare una sonnambula.
Così si alzò; aiutandola ad alzarsi, le disse: "Andiamo, Claudia, tu sei stanca, ti porto a letto," e, sospingendola delicatamente, la condusse verso la camera da letto; accese il lumetto del comodino; scostò le coperte e le lenzuola; le sfilò gli stivali, i calzini di lana e i jeans; le mise la camicia da notte, le rimboccò le coperte e si sedette sul bordo del letto; le carezzò la fronte; spense il lumetto del comodino; le disse: "Vedrai che stanotte non farai dei sogni orribili"; le tenne la mano; aspettò che il respiro di-

ventasse regolare e la mano inerte; in punta di piedi, uscì dalla stanza.

A mezzanotte meno qualche minuto, col cappotto indosso, scrisse: "In camera da letto. Si lascia svestire docilmente. Lui le sfila gli stivali, i calzini, il pullover e i jeans; le infila la camicia da notte; le dice: vedrai che stanotte non farai nessun sogno orribile; le tiene la mano; aspetta che si addormenti; esce dalla stanza. In corridoio, sulle scale e nel taxi, pensa che non gli è sembrata mai tanto bella come in questi momenti silenziosi, durante i quali, senza nascondere lo stupore, ciondolando la testa nella penombra, si è lasciata svestire. Pensa anche che la frase pronunciata in salotto: 'A me pare un secolo', a proposito dei venti giorni trascorsi dalla morte di suo padre, è una frase che non riguarda la percezione relativa del tempo, bensì i suoi terrori infantili, o di ragazza. Vale a dire: il terrore infantile segregato nell'adolescenza, eluso a diciott'anni, di perdere suo padre. Ecco perché, sul divano, ha detto: 'A me pare un secolo', riferendosi ai soli venti giorni trascorsi dalla morte di suo padre. Perché è una vita che ha la morte di suo padre sepolta nella mente... Ora, lei dorme, lui è in viale Liegi seduto alla scrivania col cappotto indosso. Tra poco – la pendola del salotto ha appena scandito la mezzanotte, nel viale una Circolare si sta allontanando in direzione di viale Regina Margherita e dell'università – avviterà il cappuccio della penna stilografica; appenderà il cappotto all'attaccapanni dell'ingresso; si spoglierà; entrerà nelle lenzuola; aiutato dalla pillola del Minias, cercherà il sonno."

Dormì, di filato, sette ore.

Alle sette e mezzo, si preparò il caffè, si fece la barba, scese a comprare i giornali e li lesse nel suo studio. Alle nove in punto la chiamò.

"Hai visto che giornata meravigliosa?" esordì.
"Sì," rispose. "Ho visto."
"Vuoi che ti vengo a prendere?"
"Ma no!"
Invece ci andò.
"Che strada facciamo?" le chiese.
"Per me," rispose, "è lo stesso."
Aveva i jeans della sera prima, una giacca di velluto color tortora, un golf nero col collo alto.
"Non sapevo come vestirmi," disse, mentre s'avviavano in direzione di piazza Farnese.
"Non hai sbagliato," Ernesto la rassicurò. "Oggi non è freddo."
Sembrava distesa.
"Ieri sera sei stato un buon profeta," disse, dopo un centinaio di metri.
"Davvero?" Ernesto esclamò.
"Sì. Ho sognato che eravamo al mare."
"Chi?"
"Noi due: io e te. Ci crogiolavamo al sole."
"E basta?"
"No."
"Che altro succedeva?"
"Ci tuffavamo in acqua, nuotavamo, e, a un certo punto, facevamo il morto a galla, e tu volevi che mi togliessi il costume..."
"E tu te lo toglievi?"
"Sì."
Erano in via di Monserrato.
Dai cortili dei palazzi uscivano gli ultimi soffi umidi dell'inverno.
"Tu," disse all'imboccatura di piazza Farnese, "pensi che se mi prendessi un anno di vacanza commetterei un errore?"

"No," disse Ernesto. "Non lo penso affatto. Anzi, penso il contrario."

"Parli sul serio?"

"Perché?"

"Perché alla mia età non è tanto normale prendersi un anno di vacanza. Però mi piacerebbe..."

"Lo credo."

"Potrei leggere tutti i libri che non ho letto, ricominciare la vela, fare dei viaggi lunghissimi."

"Dove vorresti andare?"

"Oh, non lo so. In Africa. In India. Ovunque. Tu sei mai stato in India?"

"No."

"In Africa?"

"Nemmeno," scosse il capo mentre entravano in piazza Campo de' Fiori.

Le bancarelle del mercato dietro alle quali i venditori, uomini e donne, chiamavano a gran voce la gente, erano ricolme di arance mature con la buccia grossa, mele, mandarini, limoni, cespi bagnati di insalata stretti nelle cassette, cavolfiori pallidi, broccoli siciliani verde scuro, pomodori, mazzi di porri; dal panificio all'angolo veniva il profumo fragrante del pane; il fioraio esponeva i primi rami di mandorlo.

"Non sapevo che fossi un'amante della vela," disse Ernesto, quando furono fuori dal trambusto del mercato.

"Ci andavo con mio padre," disse, guardando avanti. "Avevamo una Stella. Conosci la Stella?"

"No."

"È una barca non impegnativa. Da regata, comunque."

"Facevate le regate?"

"Qualche volta. Sennò si usciva un paio d'ore. La tenevamo ad Anzio."

"Al Circolo della Vela?"

"Sì."
"E quando hai smesso?"
"Quando mi sono sposata e mio padre si è trasferito a Torino."
L'orologio di corso Vittorio Emanuele segnava le dieci.
Alle dieci e mezzo, in via Margutta, sollevarono la saracinesca.
"Eccoci," disse, infilando la chiave nella serratura della porta a vetri. "Diamo inizio alla giornata lavorativa..."
"Non sei mica obbligata," Ernesto le fermò la mano, "se non ne hai voglia."
"Perché, tu che proporresti?"
"Andiamocene al mare."
"Al mare?"
"Sì, al mare."
"No," ebbe un attimo di esitazione.
"Perché?"
"Perché oggi non me la sento."
"Peccato."
"Hai ragione. Ma oggi non me la sento."
"Domani?"
"Non lo so."
Aveva inghiottito la saliva. Due rivoli di lacrime le scivolavano sulle guance.
"Che devo fare?" domandò.
"Quello che stai facendo: un passo al giorno," Ernesto le liberò la mano.
"Io non faccio un passo al giorno," protestò.
"Non è vero."
"No, non lo faccio," tirò fuori il fazzoletto dalla borsetta per soffiarsi il naso.
Dopodiché aprì la porta, avanzò di un metro, si voltò, gli reclinò il viso sul petto.

Passò la mattina. E tutto il pomeriggio.

Alle sette e tre quarti, telefonò.

"Io, stasera," disse, "mangio un pezzo di formaggio e me ne vado a letto."

"Ho capito," Ernesto nascose la delusione.

Era dietro la scrivania. Mise il foglio quasi vuoto nella cartellina azzurra. Si sdraiò sul divano.

Ci rimase un quarto d'ora.

Poi s'alzò, riaprì la cartellina, e scrisse: "Le sue lacrime davanti alla porta a vetri della galleria di via Margutta, centrata da un raggio di sole che si allunga sul pavimento lasciando in ombra la parete di destra, e i quadri, lo toccano nel profondo. Il sentimento che suscitano, infatti, è contraddittorio. Perché è un sentimento di pena, e, insieme, un sentimento che gli allarga il cuore. Ma questo, che significa? Non significa, per caso, che è innamorato? Che la ama?"

Il cellulare, intanto, era al quinto squillo.

"Siamo a piazza Ungheria," disse Guido.

"Come mai?" chiuse la penna.

"Avevamo la visita dal ginecologo, alla Mater Dei."

"E che ha detto?"

"Che non ci sono problemi. Sia il bambino che la mamma stanno benissimo."

Arrivarono dopo dieci minuti. Con una busta bianca.

"È l'ecografia?" Ernesto la indicò.

"Sì," sorrise Mara. "È lui."

La pancia, rispetto all'ultima volta che si erano visti, sembrava cresciuta notevolmente.

"Adesso," disse Ernesto, "quanto manca?"

"Due mesi," rispose, "più o meno. Dovrebbe nascere ai primi di maggio."

"Come me," intervenne Guido.

"Già. Tu sei il due maggio. Il giorno del diluvio universale."

"Che vuol dire?" Mara scosse il mento.

"Che quel giorno pioveva a secchiate, su Roma."

La pendola aveva battuto le otto e un quarto.

"Se lo sapevo," disse Ernesto, "avrei detto a Ruena di lasciarci qualcosa di buono."

"Non preoccuparti," disse Guido. "Piuttosto, vieni tu da noi."

"Quando?"

"Ora."

"No. Sono stanco."

"Ti riaccompagno."

"No. Sono stanco," ripeté.

Due secondi più tardi si udì il telefonino.

Era nello studio.

"Non mi uccidere," disse Claudia, con una voce diversa da quella di poc'anzi.

"Perché?" chiese Ernesto.

"Perché ci ho ripensato: non ho voglia di andare a letto."

"Vuoi che ti raggiungo?"

"Però è meglio a casa, forse, a questo punto."

"Sì, forse è meglio," tornò sui suoi passi. "Fra mezz'ora son lì."

Mara non c'era.

"È in bagno," spiegò Guido.

Aveva un libro in mano, sfilato da uno scaffale alto.

"Che hai preso?" gli chiese.

"*L'airone*. Com'è?"

"Bello. E triste."

"Di che parla?"

"È il racconto di una giornata di un uomo ancora giovane, mi pare quarantatreenne, che non crede più nella vita."

"Edgardo Limentani."

"Sì, Edgardo Limentani. Una mattina si sveglia presto, che è ancora buio, e va a cacciare in valle."

"Dove?"

"Alla foce del Po, nelle campagne di Pomposa, Codigoro: i luoghi di Bassani."

"E insomma è bello?"

"Cosa è bello?" riaffacciandosi all'ingresso, Mara domandò.

"*L'airone*: un romanzo di Giorgio Bassani," Guido le andò incontro.

"Io, di Bassani, ho letto *Il giardino dei Finzi-Contini*."

"Leggi anche questo," la invitò Ernesto.

"Sì, lo leggerò. Tanto, ho smesso di lavorare."

La pendola stava battendo le otto e mezzo.

Alle nove suonò il citofono di via Giulia.

Alle nove e cinque minuti, le sollevò la gonna sui fianchi.

"Mi fai spogliare ora che mi sono appena rivestita?" protestò, staccando le labbra dalle labbra.

"No," le mise le mani nei collant. "Non c'è bisogno che ti spogli."

"Non c'è bisogno?"

"No."

Erano in piedi accanto al divano. Chinandosi, con una sola mossa brusca, le tolse i collant e le mutandine; di nuovo, le sollevò la gonna sui fianchi; si lasciò cadere sul cuscino centrale del divano; se la trascinò addosso; e, in quella posizione, fecero l'amore.

Subito dopo, lei reclinò la testa contro lo schienale.

"A che pensi?" Ernesto domandò.

"A niente," mormorò.

Non era vero.

Comunque, non insistette. Invece, quella sera stessa, scrisse: “Entrando in casa, l’abbraccia e le dice: ho fatto tardi, perché ero con Guido e Mara. Quindi, sempre tenendola abbracciata, la conduce verso il divano; la bacia con molta foga; le solleva la gonna sui fianchi. Lei protesta: mi fai spogliare ora che mi sono appena rivestita. Ma è una protesta debole. Infatti, fanno l’amore: con molta foga. Poi, lei reclina la testa contro lo schienale del divano. Lui le chiede a cosa sta pensando. Lei risponde che non sta pensando a nulla. Lui non insiste, pur sapendo che non è vero. Così, rimangono uno a fianco dell’altra in silenzio, a lungo. Finché, a un tratto, lei si scuote; raccoglie i collant e le mutandine; va in bagno. Lui aspetta che torni e la segue in cucina. Prendono il piatto col roast-beef e le patate al forno che ha comprato in una rosticceria di via Cola di Rienzo, e quello coi pomodori che aveva in frigorifero; li posano sul tavolo da pranzo apparecchiato con una bella tovaglia rosa di fiandra, dei bei bicchieri di cristallo, la brocca dell’acqua, due candele, la bottiglia già stappata del vino; accendono le candele. Lei, in bagno, si è spazzolata i capelli. Secondo te – domanda – dovrei un po’ accorciarmeli, i capelli? Lui le dice di no. Lei beve un sorso di vino che le lascia uno sbaffo all’angolo della bocca; piega la testa da un lato e la risolleva. Lui non si stanca di contemplare il suo viso: la fronte ampia e sfuggente, le guance scavate, gli occhi neri nei quali si cela il pensiero che non vuole rivelargli.”

Sedeva, tranquilla, nella sua poltrona del salotto. Spiovendole alle spalle, i raggi del sole primaverile di viale Liegi le toccavano i capelli biondo-castani ai quali, dal parrucchiere, aveva rifatto la tinta; una stanghetta degli occhiali che usava per leggere; una manica del golf. Lui era alla scrivania. A un tratto, si alzava e decideva di raggiungerla. Sennonché, proprio quando stava per farlo, quando stava per varcare la soglia fra lo studio e il salotto, lei posava il libro sul bracciolo, si toglieva gli occhiali, fissava la parete di fronte, e gli diceva: "Ascolta, Ernesto: adesso questo gioco è finito; basta..." Poi ricominciava a leggere; s'interrompeva ancora una volta; e, sempre fissando la parete di fronte, mormorava: "Va bene, ho capito..." Allora, lui entrava in salotto, si accostava alla poltrona e le chiedeva: "Dimmi, Carla, cosa hai capito?" – sentendo un peso immenso piombargli addosso. Ma lei non rispondeva, mentre i capelli perdevano la tinta, di colpo. Faceva come se lui non ci fosse, a quel punto: come se l'immenso peso che poc'anzi aveva sentito si fosse trasferito in lei, schiacciandola – nonostante la posa composta – nella poltrona. Così, lui tornava nel suo studio; si rimetteva a lavorare dietro alla scrivania; pensava: è offesa; nello stesso istante in cui lo pensava, apriva gli occhi...

Il soffitto era già chiaro.

Quindi scese dal letto, si fece la barba, uscì a comprare i giornali e un po' prima del solito la chiamò.

"Andiamo al mare?" le disse.

"Sì," rispose senza esitazioni.

Un'ora più tardi, dal Grande Raccordo Anulare, imboccavano la Pontina. La giornata era identica a quella di una settimana avanti, cominciata con la lunga passeggiata da via Giulia a via Margutta, conclusa ai due lati del tavolo da pranzo apparecchiato con la tovaglia di fiandra, le candele, i bicchieri di cristallo: lo stesso cielo, la stessa aria mossa, le stesse nuvolette leggere.

Guidava piano, attenta ai sorpassi: volgendo, di tanto in tanto, lo sguardo ai campi incolti, alle colline dei Castelli, ai filari dei pini e degli eucalyptus.

"Perché non arriviamo a Sabaudia?" propose, quando furono a una decina di chilometri dal bivio per Anzio.

"E Anzio?" Ernesto domandò.

"Ci passiamo nel pomeriggio."

"Sei sicura?"

"Sì. Arriviamo a Sabaudia."

Dunque, superarono il bivio; superarono Latina; costeggiarono il Parco Nazionale del Circeo; svoltarono a destra; nella terza piazzola di sosta della litoranea, parcheggiarono la macchina.

Il chiosco era chiuso.

Sulla spiaggia non si scorgeva anima viva. Al confine dell'orizzonte, una petroliera sembrava immobile.

"Quella nave è ferma?" dopo aver attraversato le dune, Claudia la indicò.

"No," disse Ernesto. "Si muove."

"Verso nord?"
"No. Verso ovest."
"Non è quello il nord?"
"No. È quello."
Erano poco distanti da una barca di pescatori tirata in secco.
Appesero la borsa a uno scalmo; con le giacche e i pullover organizzarono un piccolo giaciglio; si sfilarono le scarpe e i calzini; si sedettero.
"Picchia, il sole," continuando a fissare la petroliera, Claudia mormorò.
"Davvero," annuì Ernesto. "Quasi da costume."
"Che noi, però, non abbiamo."
Aveva gli occhiali scuri sui capelli; le braccia strette attorno alle ginocchia.
"A te," disse, "da bambino, piaceva l'inizio dell'estate?"
"Sì," disse Ernesto. "Molto."
"A me no."
"Perché?"
"Mi metteva ansia andar via da Roma."
Provenienti da sudest, a bassissima quota, stavano sfrecciando due aerei militari.
"Poi mi abituavo," quando si allontanarono, proseguì.
Gli aerei avevano lasciato una specie di alone sonoro: un riverbero che inghiottiva il silenzio.
Dal mare, una lieve brezza trasportava i profumi della salsedine, dello iodio, delle alghe.
"Io," disse Claudia, "mi stendo."

Rimasero accanto alla barca, sdraiati, fino all'una.
All'una e mezzo, sulla veranda dell'unico ristorante aperto di tutta la litoranea fra il ponte di Sabaudia e il promontorio, divisero un fragolino, pescato, a detta del

proprietario, poche ore prima e una bottiglia di vino bianco del Circeo. Alle due, pagarono il conto. Alle due e mezzo, tornarono alla macchina. Alle tre, oltrepassarono la via Appia e si inoltrarono in direzione delle colline e di Sermoneta. Alle tre e un quarto, sul piazzale di ghiaia in fondo al viale sterrato bordato di pini, Claudia arrestò il motore.

"Quello," chiese, chiudendo lo sportello, "che albero è?"

"Un castagno," rispose Ernesto.

"Quanti anni avrà?"

"Tanti."

Dentro, faceva freddo.

"Se lo avessi saputo," disse Ernesto spalancando la finestra del salotto, "avrei detto a Fausta di accendere."

"Fausta è la custode?" Claudia domandò.

"Non proprio."

"Che significa?"

"Che viene ogni tanto."

Erano dietro al semicerchio delle poltrone e al divano.

"Ti mostro il resto della casa," Ernesto la prese sottobraccio.

Così salirono le scale; entrarono nelle stanze da letto; ridiscesero; aprirono le persiane e i vetri della sala da pranzo; dalla cucina uscirono in cortile; si spinsero fino all'orto; portarono due poltroncine di vimini sul piazzale; si sedettero.

"Tu," disse Claudia, "qui hai passato un anno."

"Più di un anno," Ernesto precisò.

"E che cosa facevi?"

"Leggevo. Camminavo. Me ne andavo in giro."

"Sei stato coraggioso."

"No."

Dai campi veniva il rumore di un trattore.

"Perché dici che non sei stato coraggioso?" dopo svariati secondi, Claudia corrugò le sopracciglia.

"Perché non avrei potuto fare altro."

"Che vivere in solitudine?"

"Sì."

Mancavano un paio di minuti alle quattro.

Alle cinque, riportarono le poltroncine di vimini nell'ingresso; chiusero le persiane e i vetri della sala da pranzo; chiusero la finestra del salotto; nella penombra, si strinsero in un abbraccio convulso.

"La spiaggia," scrisse sei ore più tardi, "è deserta: non si scorge anima viva. Al confine dell'orizzonte, una petroliera sembra immobile. Il mare ha già un respiro estivo. Il sole picchia. A un tratto, a bassa quota, sfrecciano due aerei militari. Lei ha appena detto che da bambina non amava l'inizio dell'estate, perché le metteva ansia andar via da Roma. Adesso, si sdraiano. Ma, lui, dopo un po', si solleva sui gomiti; guarda la superficie azzurra; guarda il cielo; guarda il promontorio; segue il volo dei gabbiani. Una lieve brezza trasporta il profumo della salsedine, dello iodio, delle alghe. All'una, lei dice: tu non hai fame? Lui dice di sì. Quindi si rinfilano i calzini e le scarpe; raccolgono i pullover e le giacche; raggiungono l'unico ristorante aperto; mangiano un pesce arrosto; bevono una bottiglia di vino bianco. Il loro tavolo è su una veranda di legno. Lei ha occhiali neri calati sugli occhi. Io, dice, non ho voglia di andare ad Anzio; lui le chiede cosa vorrebbe fare; lei risponde che vorrebbe vedere la sua casa di Sermoneta; lui paga il conto e rimontano in macchina. La campagna, inondata dalla luce pomeridiana, è nel pieno fulgore. Lungo i canali e i fossi, spuntano dall'erba fiori selvatici di tutti i colori. Lei dice che la strada è bella. Lui dice che in giugno e in luglio lo è ancora di più. Poi tacciono; oltrepassano l'Appia; si inoltrano in direzione delle colline. La casa conserva il freddo dell'inverno. Lui spalanca i vetri del salotto e della sala da pranzo; le mostra le stanze da letto al piano superiore, il cortile, l'orto, il magazzino e rientrano dentro; dall'ingresso, prendono due poltroncine di vimini e le sistemano fianco a fianco sul piazzale; lei gli dice che è stato coraggioso a passare un anno intero lì da solo; lui dice che non avrebbe potuto fare altro. Dai campi, già da qualche minuto, viene il rumore di un trattore. Questo suono, è tentato di confessarle, mi fa male. Manca poco alle quattro. Alle cinque, riportano le poltroncine di vimini nell'ingresso; chiudono le persiane e i vetri della sala da pranzo e del salotto; si abbracciano; lei gli chiede: tu mi vuoi bene?; lui, sentendo di nuovo quel male, dice: sì. Però, non risalgono al piano di sopra; non si stendono sul materasso privo di lenzuola della camera da letto. Chiudono la porta di casa; dalla Via dei Laghi – una strada che, a tratti, nelle curve, consente di dominare la pianura fino al mare – scendono sulla via Appia; percorrono tutta la via Appia, osservando le sagome brune degli acquedotti romani, i prati incolti, gli aerei che atterrano all'aeroporto di Ciampino; arrivano in via Giulia. Sono le sette. Alle nove cenano in un ristorante di via di Monserrato. Alle dieci, lei dice che muore di sonno. Lui chiama un taxi. Ora, sono le undici. In viale Liegi si sente solo il ticchettio della pendola sulla console. Tra poco andrà a dormire. La notte scorsa ha sognato sua moglie. Il sogno è questo. Lei è seduta nella sua poltrona in salotto. Sta leggendo un libro. È appena stata dal parrucchiere che le ha rifatto la tinta ai capelli. Lui è nel suo studio. Tenta di scrivere. Inutilmente. In realtà, pensa a lei. Pensa che è seduta nella poltrona, col sole che le tocca i capelli, la stanghetta degli occhiali e una manica del golf; pensa che non deve soffrire, non deve sapere che lui la tradisce con una donna giovane che non si tinge i capelli, ha un corpo che quando è nudo è meraviglioso. Quindi, abbandona la penna e decide di raggiungerla. Sennonché, proprio mentre sta per varcare la soglia fra lo studio e il salotto, lei lo blocca: perché posa il libro sul bracciolo, si toglie gli occhiali e, fissando la parete di fronte, gli dice: ascolta Ernesto, adesso questo gioco è finito; basta. Poi ricomincia a leggere; di nuovo si interrompe; e, sempre fissando la parete di fronte, mormora: va bene, ho capito. Allora, lui si decide a varcare la soglia, si accosta alla poltrona e, rimanendole di fianco, in piedi, le chiede: dimmi, Carla, cosa hai capito. Ma lei non gli risponde: seduta composta nella sua poltrona. Sta zitta e immobile. Fa come se lui non ci fosse. Come se lui fosse un'ombra."

"Ieri," scrisse in un foglio nuovo la mattina seguente, "quando sono sceso dall'automobile sulla piazzola di sosta e mi ha investito il soffio del mare, pensavo a te: ai due passi che facevi per andargli incontro; al tuo modo incantato e confidente di esporti al respiro del mare; al sorriso veloce che mi rivolgevi appena ti venivo accanto. Io ti amavo sempre. Ma, in quei momenti – che la mia memoria pone sempre al principio di giugno – ti amavo ancora di più: perché mi appartenevi e non mi appartenevi nello stesso tempo; perché davi corpo ai miei desideri d'apertura verso non sapevo dove; perché il nostro rispecchiarci l'uno nell'altra aveva la benedizione di Dio. Passavamo giornate che parevano eterne: allargavamo i teli e piantavamo l'ombrellone; entravamo in acqua; mangiavamo i panini che avevi preparato in cucina a Sermoneta e bevevamo l'acqua fresca che salivo a comprare al chiosco; a occhi chiusi, ci abbandonavamo al lieve frastuono creato dalla risacca, dal crescere improvviso delle voci, dal tintinnio metallico di una barca a vela tirata in secco. Al ritorno, i bambini, dopo pochi chilometri di strada, crollavano nel sonno; noi, per non svegliarli, parlavamo a bassa voce. Poi, a casa, li lasciavamo giocare in cortile e salivamo al primo piano. Sulla pelle ti rimanevano i segni del costume da bagno. Dalla federa dei cuscini, dalle lenzuola, veniva un buon profumo di bucato. Facevamo l'amore. Quindi, aprivamo le persiane; affacciati al davanzale, guardavamo i campi invasi dalla luce obliqua del sole; scendevamo al piano terra; tu preparavi la cena, io mi mettevo a leggere nel piazzale. Leggendo, sentivo le vostre voci in cucina e in cortile; il suono di qualche trattore lontano. Di tanto in tanto, alzavo il viso: pensavo ai tuoi occhi azzurri luminosi anche nella penombra, al grembo infantile che aveva custodito i nostri figli, alla naturale dolcezza con la quale in camera da letto avevi placato la mia trepidazione. Quindi riabbassavo il viso; continuavo a leggere due o tre pagine; chiudevo il libro; ti aiutavo a lavare l'insalata; tagliavo il pane; dalla credenza, tiravo fuori i bicchieri e i piatti. Mangiavamo presto. Di solito, un leggero vento faceva oscillare la fiamma delle candele; nel buio che a poco a poco sopravveniva, si accendevano le stelle. C'era una grande pace. Io, standoti accanto, pensavo che nulla poteva turbarla; che, insieme, eravamo felici; che tu, standomi accanto, possedevi la medesima certezza. Così, sentii un vero e proprio colpo nel cuore, quando, un pomeriggio di luglio, all'improvviso sussurrasti: tu non mi lascerai mai, Ernesto, è vero? Io ti risposi: no, Carla, non ti lascerò mai. Ma tu perché me lo chiedesti, proprio quel pomeriggio, se eri certa del mio amore? Eravamo abbracciati sul letto: quasi non c'eravamo spogliati per fare subito l'amore; le cicale ruggivano; l'aria, meravigliosa, era rovente. Perché me lo chiedesti, se eri felice, certa del nostro amore? Cosa avevi visto, rispecchiandoti in me?"

La notte aveva portato nuvole sulle coste del Tirreno e su Roma. In piazza Ungheria la gente usciva dalla messa. Gli alberi di Villa Savoia erano immobili.

"Ci sono Cristina e Alessandro," annunciò Marta, prendendogli l'ombrello.

Cristina era vicino alla finestra, con Paolo. Aveva un vestito di maglina verde acqua corto sopra il ginocchio, le labbra dipinte.

"Mi sono autoinvitata," sorrise, porgendogli la guancia.

"Hai fatto bene," disse Ernesto, sfiorandola.

Paolo finì il suo vino.

"Elisa, Alessandro!" chiamò a voce alta.

"Veniamo!" risposero in coro.

Al centro della tavola, dai bordi di un vasetto rettangolare color avorio, spuntavano tre rose rosse sul punto di disfarsi.

"Gli ho tagliato i gambi," disse Marta, facendo emergere di un paio di centimetri quella centrale.

Alessandro ed Elisa s'erano seduti, intanto: Alessandro a fianco d'Ernesto, Elisa di fronte.

"Sembra che hai preso il sole, nonno," disse Elisa, spiegando il tovagliolo.

"Infatti, l'ho preso," Ernesto confermò.

"Dove?"

"A Sabaudia."

"Il bagno si poteva fare?"

"No."

"Perché?"

"Perché l'acqua è ancora fredda."

"Ma eri da solo?"

"No."

Marta stava passando il tortino di riso.

"Sei stato anche a Sermoneta?" chiese Paolo.

"No," si servì di un secondo cucchiaio.

"Noi è da settembre che non ci mettiamo piede."

"Nemmeno noi," disse Alessandro.

"A te qual è la cosa che ti piace di più di Sermoneta?" gli chiese Elisa. "A me, mangiare in cortile la sera."

"A me..." si fermò a riflettere.

"Fare le capanne," suggerì Cristina.

"Sì, quello. E andare con nonno nella Volkswagen quando apre il tetto."

"A comprare il pane e i giornali," Ernesto gli scompigliò i capelli.

"E alla stazione."

Dopo il tortino di riso, il menu comprendeva cotolette alla milanese, insalata, paste.

"Il caffè lo beviamo qui," disse Marta, "o in salotto?"

"In salotto," propose Paolo.

Quindi passarono in salotto; Alessandro ed Elisa sparirono in camera d'Elisa; Marta portò il caffè.

Erano le due e mezzo.

Alle tre, Cristina ed Ernesto lasciarono corso Trieste.

"L'altro giorno ho parlato al telefono con Claudia," in via Panama Cristina ruppe il silenzio. "M'è sembrato che avesse una voce migliore."

"Hai ragione," Ernesto annuì.

"Io ho un grande affetto per lei."

"E lei lo ha per te."

"È una persona diversa da come appare. Ha delle insicurezze che uno non sospetterebbe mai..."

Mancavano pochi metri a piazza Ungheria.

"Allora," Cristina rallentò e accostò al marciapiedi, "ti saluto."

"Ciao, Cristina," Ernesto mise la mano sulla maniglia dello sportello.

Guardavano entrambi la piazza.

"Sono triste, Ernesto," finalmente Cristina mormorò. "Tanto."

"Lo vedo," Ernesto levò la mano.
"E adesso nasce questo bambino."
"A maggio."
Dalla borsetta veniva il suono soffocato del cellulare.
"Arrivo," disse secca.
Su viale Parioli gravava il sopore domenicale. Ai tavolini del Cigno, protetti dal tendone, sedevano un ragazzo e una ragazza e due anziane signore. Una bella donna bruna era davanti alla vetrina della libreria Manzoni.
Claudia uscì dal portone alle quattro.
"Mia madre," disse, "è terribile."
"Perché," chiese Ernesto, "che ha fatto?"
"Niente di particolare. Si lamenta di tutto: della nuova cameriera che non funziona, dei telegiornali che danno cattive notizie, del tempo, dei dolori alle ossa..."
Avevano mosso qualche passo su per via Lagrange.
All'incrocio di via Denza, via Bertoloni e via Barnaba Oriani, girarono a sinistra in via Bertoloni.
"A pranzo da Paolo e Marta," disse Ernesto, "c'era Cristina. Non sta benissimo..."
"Lo so," Claudia sospirò. "Ci siamo sentite venerdì."
"Me l'ha detto."
"Non riesce a superare l'idea del bambino."
"La capisco."
"A me fa una gran pena..."
"Ma lei è ancora innamorata di Guido, secondo te?"
"Credo proprio di sì."
Il cielo stava diventando sempre più scuro.
"Non sarebbe meglio," disse Claudia in via Stoppani, "se torniamo a prendere la macchina?"
"Se vuoi," Ernesto rallentò.
"Perché, tu che proponi, sennò?"

"Un giorno," scrisse quella sera stessa, tardi, "lui la porta a casa sua, in viale Liegi. È una domenica pomeriggio. Sono in via Stoppani: all'altezza del cinema Embassy. Il cielo sta diventando sempre più scuro. Potrebbe piovere da un momento all'altro. Lei dice: non sarebbe meglio se tornassimo a prendere la macchina? Lui rallenta e dice: se vuoi. Lei dice: perché, tu che proponi, sennò? Lui dice: possiamo andare da me. Lei non si mostra stupita di questa proposta. Dunque si incamminano verso viale Liegi. E salgono. In salotto, lui accende le luci e la invita a sedersi. Lei, dal centro della stanza, getta una veloce occhiata alla libreria, alla pendola, al camino e si siede accanto a lui sul divano. Ci rimangono un quarto d'ora: il tempo di sciogliere un improvviso impaccio, che non si curano di nascondere. A un tratto, lei dice: quello è il tuo studio? Lui risponde di sì; si alzano; vanno nel suo studio. Sul tavolino a fianco della poltrona, c'è *Cime tempestose*; sulla scrivania, c'è solo la penna stilografica. È iniziato a piovere, intanto. Lui è dietro la scrivania. Lei prende *Cime tempestose* e lo sfoglia. Lui, per sommi capi, le racconta la trama. Lei è colpita dal racconto e dice che leggerà *Cime tempestose*. Poi lo raggiunge dietro la scrivania e gli dice: è come lo immaginavo il tuo studio. Lui, mentre inizia a piovere, le passa un braccio attorno alle spalle; la riconduce in salotto; le serra il viso fra le mani; le bacia la bocca: a lungo. Da fuori viene un morbido fruscio. Lei stacca le labbra, piega il viso da una parte, lo scruta con tenerezza. Lui è confuso da questa tenerezza. Vorrebbe slacciarle i pantaloni. Lei ride. Dice: piano, cos'è tutta questa fretta? Lui farfuglia: che fretta? E le toglie i pantaloni e gli slip. Lei ripete: piano, smettendo di ridere. Lui la fa sdraiare sul divano; si inginocchia; accosta la testa al suo ventre; le bacia il ventre; la spia, da quella posizione vede che ha le guance tirate, le labbra dischiuse; le entra nel grembo e sente che, inarcando i fianchi, lo stringe; chiude gli occhi e, tra sé e sé, dice: io non ho colpa."

PARTE TERZA

"... e così egli non saprà mai quanto io lo ami; e ciò non perché sia bello, Nelly, ma perché lui è più di me stessa."

EMILY BRONTË, *Cime tempestose*

Capitolo I

Al principio d'ottobre, avevano aperto in via Mercati una biblioteca comunale – un bell'edificio moderno a vetri con due ampie sale di lettura – intitolata ad Antonio Baldini. Via Mercati, al centro di una zona appartata del quartiere Parioli, congiunge viale Bruno Buozzi a via Ulisse Aldrovandi: la strada in discesa che conduce a uno degli ingressi di Villa Borghese. Quando calava il crepuscolo, abbandonavamo i libri aperti sul tavolo, raggiungevamo l'ingresso di Villa Borghese e, subito, nel silenzio dell'immenso parco scalfito di tanto in tanto dal grido solitario di un uccello rinchiuso nelle voliere del confinante Giardino Zoologico, iniziavamo a baciarci.

Carla non sapeva che, mentre la guardavo china sul suo manuale di Storia dell'Arte Medievale, pensavo senza sosta a quello che sarebbe accaduto di lì a non molto; non sapeva che la sognavo ogni notte; non sapeva, perché non poteva saperlo, che tremavo all'idea di perderla. Mi seguiva; si appoggiava al tronco di un albero; rispondeva all'abbraccio; con dolcezza, schiudeva le labbra.

Anch'io, del resto, non sapevo nulla. Non sapevo se mi amava; non sapevo se mi nascondeva i suoi sentimenti solo per un estremo pudore, o per qualche ragione sconosciuta a lei stessa, e se quel pudore avrei dovuto infrangerlo, visto che mi incantava al pari dei capelli che le velavano la fronte, del naso sottile, dell'azzurro trasparente dei suoi occhi, del corpo premuto contro il mio; non sapevo se, a Sabaudia, mi ero innamorato vedendola uscire gocciolante dall'acqua, o ascoltando il suono della sua voce, o stringendole la mano prima che si allontanasse in direzione del promontorio col suo costume rosso intero.

Una sera di settembre, a Sermoneta, avevo scritto queste poche righe: "È possibile innamorarsi perdutamente in un quarto d'ora? Avere la certezza di essere innamorati perdutamente, ignorando perché ci si innamora? Sono sulla spiaggia di Sabaudia. La giornata è una delle tipiche giornate della seconda metà di agosto: l'estate è ancora in pieno fulgore, ma va verso il suo declino. Dall'acqua, esce una ragazza con un costume rosso, intero. La riconosco. Anche lei riconosce me. Mentre parliamo, guardo i suoi capelli biondi gocciolanti, i suoi occhi azzurri. La voce, ovviamente, non è più la stessa; è la voce di una persona adulta. Tuttavia, della voce adolescenziale che ricordavo, conserva un fondo roco che sembra graffiarle il petto. È in vacanza con la sua famiglia al Circeo. Noi, le dico, siamo a Sermoneta. Dov'è, mi chiede, Sermoneta? Le rispondo – continuando a fissare i capelli gocciolanti, l'azzurro trasparente degli occhi – che è al di là dell'Appia, sotto i monti Lepini. Cinque minuti più tardi, ci diamo la mano: lei si incammina in direzione del promontorio; io rimango immobile e penso di essere innamorato perdutamente." Adesso, appena valicavamo l'ingresso di Villa Borghese, la facevo appoggiare al tronco di un albero, l'abbracciavo, la baciavo sulla bocca.

Una volta, tornando verso le biblioteca Antonio Baldini, glielo confidai che scrivevo, ogni tanto.

"Davvero?" si stupì. "E che scrivi?"
"Racconti, sogni, le idee che mi vengono in mente."
Percorremmo una trentina di metri.
"Io," disse a un tratto, "le idee che mi vengono in mente non le ho mai scritte, e credo che non le scriverò mai."
"Perché?" dissi.
"Perché mi prenderebbero per pazza."
"Addirittura?"
"Più o meno."
Avevo una punta di gelosia.
"Sarei curioso," sorrisi, "se me ne dicessi una."
"Ora?" sorrise anche lei.
"Sì."
"No," in uno scatto involontario alzò le spalle.
"Ti prego."
"No," ribadì. "Oltretutto le mie idee sono talmente strane e confuse che nemmeno io le capisco; e quasi sempre me le dimentico, dopo un po'..."
Ci trovavamo all'altezza di via Mangili, una parallela poco illuminata di via Mercati. Le presi il gomito e, fatti pochi passi, m'accostai alla siepe d'un giardino.
Volevo, di nuovo, sentire il languore dei baci che ci eravamo scambiati fino a poco prima a Villa Borghese, schiacciati al tronco del grande albero che c'è all'entrata della Valletta dei Cani; confondere, di nuovo, il respiro nel suo; sbottonarle il cappotto.
"Qua," Carla insistette, "ci vedono."
"Se non c'è anima viva!" replicai.
"Sì, e se viene qualcuno?"
"Chi vuoi che venga?"
"Non lo so. Però, andiamo..."
"D'accordo," tagliai corto.
Poi, senza scambiare una parola, arrivammo alla Biblio-

teca Baldini; studiammo ancora una ventina di minuti; chiudemmo i libri; uscimmo; a piazza Pitagora – lei girava a sinistra per via Bertoloni e via Barnaba Oriani, io proseguivo per piazza Ungheria e viale Liegi – ci salutammo.

"Non mi accompagni un pezzo?" disse.

Inventai una scusa.

Quella sera non chiamò. E il giorno dopo, un venerdì, alla biblioteca non venne: non la vidi sbucare, dal corridoio, nella sala di lettura più vasta nella quale di solito stavamo, con la frangia scomposta, il pesante manuale di Storia dell'Arte Medievale sotto il braccio. Quindi, alle sette, m'alzai, feci quasi di corsa via delle Tre Madonne, piazza Pitagora e via Bertoloni; al cancello del villino, scrutai le finestre velate dalle tende del pianterreno, in cui viveva insieme a sua madre e a suo fratello Marco, sperando che scostasse le tende, si affacciasse, scendesse nel piccolo giardino; mentre cominciava a cadere una impalpabile pioggerellina, suonai il citofono.

"C'è Carla?" domandai.

"No, Carla non c'è. È su dagli zii," rispose burbera la vecchia domestica che l'aveva vista nascere.

"Va bene," dissi. "Non importa."

"Lei chi è?" s'informò.

"Sono un suo amico. Ernesto."

Avevo la camicia intrisa di sudore.

In viale Liegi, mi buttai a letto; a cena, quasi non toccai cibo; appena finimmo, mi ributtai sul letto. I pensieri che fino a quel momento ero riuscito a tenere a bada, mi tormentavano con la loro improvvisa evidenza: era stanca dei miei baci; era offesa per la mia insistenza infantile; mi giudicava un immaturo; la stavo perdendo.

Alle nove, il telefono squillò.

"Ernesto," disse mia madre, "è per te."

Risposi dal salotto.

“Non sei venuta, oggi.”
“No, non sono venuta.”
“Perché?”
“Perché sono andata da una mia amica al piazzale delle Muse. Tu, invece,” dopo una breve pausa proseguì, “sei passato sotto casa verso le sette, mi ha detto Ines...”
“Sì.”
“Ma io ero su dai miei zii.”
“Non ti preoccupare.”
“Che c’entra. Se lo avessi saputo...”
Mi sentivo rinascere.
“Domani è sabato,” dissi.
“Già, è sabato,” ripeté.
“Ci vediamo?”
“Se vuoi, ti preparo il tè con i biscotti.”
Contai le ore.
Alle cinque, ero al cancello del villino di via Barnaba Oriani.
Dalle aiole del giardino, dai vialetti di ghiaia, saliva l’odore umido delle foglie.
“Ciao, Carla,” dissi sulla soglia.
“Ciao,” disse, mostrandomi il suo sguardo limpido.
L’ingresso era abbastanza ampio. In fondo, si vedeva l’inizio di un corridoio. Una porta, a sinistra, dava nella sala da pranzo; una, a destra, nel salotto.
“Siediti,” disse. “Io vado a mettere su l’acqua del tè.”
C’erano un divano e due poltrone intorno a un tavolino, altre due poltrone, tappeti, vari lumi bassi e da terra, un’angoliera, un trumeau. Una parete era interamente foderata di libri; le finestre inquadravano una magnolia, un nespolo, un’acacia, l’edera della siepe di recinzione.
Mi avvicinai agli scaffali: individuai le vecchie edizioni einaudiane, con le copertine morbide celesti, di *Oblòmov*,

Delitto e Castigo e *Padri e Figli*; Montale, Ungaretti e Quasimodo nei Poeti dello Specchio della Mondadori; *I Buddenbrook* e *La montagna incantata*, *Niente di nuovo sul fronte occidentale* e *Un'avventura a Budapest*, *Madame Bovary*.

"Avete tantissimi libri," dissi, quando tornò col vassoio.

"Erano quasi tutti di mio nonno," disse, poggiandolo sul tavolino.

Bevemmo il tè e assaggiammo i biscotti.

"Ieri," dissi, togliendole la tazza vuota dalle mani, "ho pensato che eri arrabbiata con me."

"In effetti," ammise, "è vero."

"Perché sono insopportabile?"

"Esatto. E testardo."

"Quanto insopportabile?"

"Tantissimo..."

Rideva.

Ma io, proprio mentre aveva detto "Tantissimo", scuotendo il viso che il lume da terra teneva in ombra, avevo avuto la certezza infallibile del suo amore: identico al mio, totale, talmente profondo da rendere entrambi increduli di poterci sostenere sulla sua superficie leggera. Così, diversamente dai pomeriggi di Villa Borghese in cui con i miei baci la aggredivo, estinguendo a poco a poco la dolcezza con la quale mi offriva le labbra, non la baciai né sulle guance né sulle labbra, neppure l'abbracciai, consapevole di come questa leggerezza fosse un dono inaspettato che dovevamo cogliere e preservare a ogni costo; ascoltai – come lei, ridendo – l'elenco improvvisato, per la verità assai bizzarro, di quelli che, a suo giudizio, erano i miei difetti; inventai i suoi; giocai con un ricciolo che le cadeva su una tempia; tesi l'orecchio – insieme a lei – per un rumore di porte e finsi di allarmarmi; vidi, al di là dei vetri, la macchia scura della magnolia, lambita da un riflesso proveniente dal piano superiore, abitato dalla coppia degli anziani zii, e immaginai di non essere a Roma, ai Parioli, bensì in campagna, in un luogo distante da Roma; finalmente, seguendo le parole che mi sorgevano dal cuore e non riuscivo più a trattenere, le dissi: "Io ti voglio bene, Carla..."

"Anch'io ti voglio bene," disse, lasciando trascorrere qualche secondo.

"Dici sul serio?"

"Sì."

Adesso potevamo baciarci.

Lo facemmo ripetutamente. Dopodiché, le reclinai la testa sul petto; le scostai il bordo della gonna scozzese; le sfiorai il seno.

Lei mi fermò.

"È vietato?" dissi.

"Sì," mormorò.

Sentivo il battito lento del suo cuore. Pensavo alla mattina in cui, a Sabaudia, era uscita dal mare; alle gocce che le scivolavano sul collo e sul seno; alle mie paure svanite; alla luce del lume da terra sul biondo cenere dei capelli; al giardino nel buio di novembre; a quello che di lei mi apparteneva, nonostante il divieto; alla sua casa; alla Biblioteca Baldini; all'odore delle foglie umide nelle giornate autunnali e in quelle dell'inverno; all'inverno; a viale Liegi; a via Barnaba Oriani. Quindi, sospinto dalla medesima urgenza di poco prima, le dissi: "Io mi sono innamorato subito, al primo istante, di te, quella mattina a Sabaudia..."

"Al primo istante!" esclamò.

"Sì."

"Non è possibile. Non ci credo."

"Te lo giuro."

Lei non replicò.

Certamente – dopo la sorpresa – stava cercando di resuscitare l'immagine della spiaggia con le dune, gli ombrelloni colorati, le barche a vela tirate in secco; di far risuonare le poche parole che c'eravamo scambiati, superando il fragore delle onde mosse dal vento di maestrale; di sostituirsi al mio sguardo, mentre si allontanava in direzione del promontorio.

Comunque, non mi smentì; non ebbe alcuna perplessità negli occhi quando, di lì a non molto, glielo ribadii, fissandola negli occhi, che mi ero innamorato al primo istante, quella mattina.

Venne il freddo vero, vennero le piogge che non finiscono mai, e a Villa Borghese, giocoforza, non andammo più. Alle quattro, ero in via Barnaba Oriani; senza suonare il citofono, aspettavo che uscisse dal portone; ci avviavamo verso piazza Pitagora, via delle Tre Madonne e via Mercati; lasciavamo i cappotti al guardaroba; studiavamo allo stesso tavolo, concedendoci delle brevi pause; alle sette e mezzo la riaccompagnavo in via Barnaba Oriani.

Era molto bello. Era bella l'attesa, in quell'ora remota del pomeriggio vigilata dai rari passanti. Era bello il giardino che cominciava a spogliarsi. Erano belle le giornate che si susseguivano uguali; le folate di vento che le arrossavano il viso e le scompigliavano i capelli; le pagine dei libri sul bordo delle quali, ogni tanto, a matita, disegnava dei fiorellini. Era bello lo sferragliare della Circolare giù per via Aldrovandi; il cinema illuminato in via Stoppani; il bar Cigno in viale Parioli. Era bello il momento in cui, protetti dall'oscurità, univamo le labbra.

Allora, perché continuavo a essere tormentato dall'ansia? Da quella sotterranea idea di perderla che il sabato in cui m'aveva invitato a casa sua a bere il tè m'ero illuso di poter scacciare – convinto della certezza del suo amore? Dalla paura della felicità che m'assaliva di colpo?

Una sera, mentre risalivamo via delle Tre Madonne, confortato dal calore della sua mano nella mia, le chiesi: "A te capita, qualche volta, di sentirti felice e, nello stesso tempo, di aver paura della tua felicità?"

"No, a me non capita," rispose decisa. "Se sono felice, perché dovrei avere paura di esserlo?"

"Infatti, è difficile spiegarlo."

"Prova."

Eravamo quasi in piazza Pitagora. L'attraversammo. Poi, sul marciapiedi di via Bertoloni, dissi: "Io non posso pensare alle cose che finiscono... È un pensiero che non sopporto. Un pensiero che mi faceva star male fin da bambino..."

"Fin da bambino?"

"Sì."

Aveva liberato la mano.

"Io," disse, "alle cose che finiscono preferisco non pensarci. Penso alle cose che ho. A che serve pensare che le cose finiscono?"

"A niente."

Stavamo per arrivare al cancello.

Era accostato.

"Sei ammutolita," dissi.

"Che dovrei dire?" domandò.

"Hai ragione," sorrisi ironico, alzando le spalle.

Aveva abbassato il viso.

"Perché fai così?" finalmente mi guardò.

"Perché," risposi, "non mi capisci."

"Ti sbagli."

"No, non mi sbaglio."

"Sì, ti sbagli..."

Sembrava dispiaciuta; desiderosa di colmare una distanza che riteneva ingiusta per entrambi. Quindi spinsi il cancelletto; le presi nuovamente la mano; la condussi in un punto del giardino invisibile sia dalle finestre del piano terra che dalle finestre del primo piano, fra la magnolia e il muretto di cinta; l'abbracciai; le baciai il collo, il naso, il mento, la fronte. E, mentre la baciavo, respirando il delicato profumo della sua pelle, le dissi: "Scusami per prima."

"Dillo un'altra volta," mormorò.

Ci baciammo sulla bocca.

"A me non piace che hai quei brutti pensieri," disse.

"Non sono io che li cerco," mi discolpai.

"Puoi sempre cacciarli via."

"Sì."

"Non ci vuole molto. Basta immaginarsi di essere in un posto bellissimo."

"Tu che posto ti immagini?"

"Ah, io cambio continuamente."

Qualcuno aveva premuto il citofono, intanto. Ora, una voce maschile stava dicendo: "Devo consegnare dei fiori."

"È il compleanno di mia zia," Carla spiegò.

I fiori furono consegnati. Io uscii dal giardino. Conservavo il sapore dei suoi baci; riascoltavo il suono della sua voce: la forza che, dopo un attimo di ribellione nei miei confronti, aveva impiegato per portarmi dalla sua parte; pensavo che questa forza che aveva voluto trasmettere ci univa come in un patto segreto che non avremmo dovuto condividere con nessun altro. E, appena arrivai a casa, le telefonai.

"Che stavi facendo?"

"Chiacchieravo con mia madre."

"Tra un po' avete la cena."

"Sì."

"Con la torta e le candeline?"

"Con la torta e le candeline."

Volevo dirle che, se avessi potuto, sarei tornato subito, adesso, in via Barnaba Oriani, per vederla anche solo un minuto.

Un istante prima che mi decidessi, disse: "Ecco, devo andare."

"Vai," dissi. "Buona cena."

Passò una settimana.

La domenica, in via Barnaba Oriani, dalla tasca della giacca tirai fuori un foglio piegato in quattro.

"Questa," dissi, "è una cosa che ho scritto due giorni fa e vorrei leggerti, se ne hai voglia."

"Sì," disse. "Leggimela."

Mi schiarii la gola. Era il racconto di un ragazzo che una notte, sul ponte di una nave in viaggio dalle coste della Puglia verso la Grecia, contempla il mare aperto illuminato dalla luce della luna. La nave fende la superficie liscia dell'acqua. Tutto è calmo. A un tratto, sbucando dall'oscurità, una ragazza si appoggia alla ringhiera vicino al ragazzo e, senza preamboli, dice: "È incredibile!" Il ragazzo annuisce. Quindi, fra i due, nasce una profonda intesa. Che, però, non è tanto basata sulle poche parole che entrambi usano per definire lo splendore e l'incanto dello spettacolo notturno – i colori del mare, i riflessi della luna – quanto su quelle che non dicono, e riflettono il sentimento di gratitudine che colma la loro anima e, insieme, li lascia alla soglia di un mistero. Poi la ragazza se ne va. Il ragazzo rimane solo. È colpito da questo incontro inatteso. Continua a contemplare il cielo e il mare, finché una nuvola copre la luna.

"Be', che ne dici?" ripiegai il foglio.

"È bello," disse. "Molto."

"La ragazza è inventata," sorrisi. "La nave è quella di un viaggio in Grecia con i miei genitori."

"E come mai lo hai scritto due giorni fa?"

"Non lo so."

"Ti sei seduto e l'hai scritto?"

"Sì. Di getto."

"Sei bravo..."

In casa non c'era nessuno. Infilai il foglio nella tasca della giacca e l'abbracciai.

"Te lo ricordi il nostro patto?" lei mi ammonì.

"Sì, me lo ricordo," dissi, sospingendola contro il bracciolo del divano.

"Non mi sembra," mi scrutò da sotto in su.

"Ma io non voglio fare niente di male," la rassicurai.

"Non mi sembra," ripeté.

Dal giardino, immerso nelle prime ombre, si udì il forte scricchiolio di un ramo e un precipitoso frullio d'ali.

"Davvero ti è piaciuto il racconto che ti ho letto?" le domandai.

"Te l'ho detto," disse piano.

"Sono contento. Perché c'ho messo me stesso."

"Si capisce."

La baciai sulle labbra.

Lei mi carezzò i capelli, la nuca: con un trasporto che non avevo mai avvertito.

Allora, contravvenendo al patto siglato al telefono, le slacciai il secondo bottone della camicetta.

"Lo vedi che non mi dovevo fidare," protestò.

Però, era una protesta già arresa: se ne sarebbe accorto chiunque.

Mettendole una mano in mezzo alle gambe, le avevo chiesto quanto mi voleva bene. Non m'aveva risposto.

Quando mi accompagnò alla porta, glielo chiesi di nuovo.

"Pochissimo," mormorò.

"Perché?"
"Lo sai."
Quella notte mi svegliai continuamente. Rivedevo le gambe nude al di sopra dell'attaccatura delle calze; il bianco opaco delle mutandine tese sull'inguine; gli occhi sbarrati mentre si lasciava toccare serrandomi il polso; lo sguardo risentito col quale, congedandomi, aveva detto: "Lo sai." Alle otto mi vestii e, sapendo che il lunedì mattina aveva lezione di Letteratura italiana alle nove e quella di Storia dell'Arte alle undici, piantonai senza successo l'ingresso dell'università in viale Regina Margherita, e, sempre senza successo, la cercai nelle aule. Tornai a casa. Alle tre, in anticipo di un'ora, suonai il citofono di via Barnaba Oriani.
"Ho pensato che con questa giornata potevamo fare una passeggiata, prima della biblioteca," dissi.
"Prendo il libro," disse, "e mi metto il cappotto."
Aspettai almeno dieci minuti.
"Ci ho messo tanto," si giustificò, "perché mamma ha attaccato un discorso e non la finiva più."
"Che doveva dirti?"
"Scocciature."
Camminavamo in silenzio.
"Stanotte ho dormito malissimo," dissi dopo un po'.
"Come mai?"
"Mi svegliavo continuamente."
Percorremmo un altro pezzetto di strada.
"Tu hai dormito bene?" domandai.
"Sì, io ho dormito bene," rifletté.
"Poi sei andata all'università..."
"No."
"Perché?"
"Non ne avevo voglia."
"E sei stata a casa?"

"Sì. Ho fatto colazione, letto il giornale, messo in ordine, pulito le aiole dalle erbacce..."

La giornata, luminosa, quasi invernale, era davvero splendida.

Al Parco dei Daini, ci sedemmo su una panchina.

In quella accanto alla nostra, c'erano un uomo ancora abbastanza giovane e un bambino biondo: cercavano, con dei sassetti, di colpire due schiere contrapposte di soldatini sulla ghiaia.

"Tuo padre," disse Carla osservandoli, "giocava con te quando eri piccolo?"

"No," scossi il mento. "Non aveva pazienza."

"Mia madre, lo stesso."

"A te dispiaceva?"

"Sì e no."

"Che vuol dire?"

"Che mi consolavo giocando per conto mio... Ma lei," dopo qualche secondo, proseguì, "era troppo triste in quegli anni per giocare con mio fratello e con me; anche se si sforzava di nasconderlo..."

"E di vostro padre vi parlava?"

"Di rado. Perché ogni volta si metteva a piangere."

La guardai: fissava i lecci che contornano il piazzale.

"Tu," dissi, sfidando me stesso, "di tuo padre che ricordi hai?"

"Nessuno. Non credo che a un anno si possa ricordare qualcosa. È difficilissimo. Marco, invece, ne aveva tre... Ad ogni modo," sorrise debolmente, "è strano: sentire la mancanza di una persona che non hai conosciuto..."

Stetti zitto.

Pensavo a lei bambina; adolescente. E a questa assenza priva di memoria.

Erano trascorsi, dalla mattina di Sabaudia, tre mesi e mezzo.

Un sabato, ai primi di dicembre – mio padre era stato inviato dal suo giornale a Vienna, e mia madre lo aveva raggiunto – le proposi di venire a casa mia.

"No!" esclamò. "Non se ne parla."

"Mi dici," insistetti, "perché no?"

"Perché no."

Il sole stava tramontando.

Appena scomparve anche l'ultimo bagliore sulle chiome più alte dei pini e l'aria diventò umida e rigida, m'alzai dalla panchina.

"Io," dissi, "andrei."

"Sì," disse, "andiamo."

Così, uscimmo su via Pietro Raimondi; costeggiammo l'albergo Parco dei Principi; superammo il vecchio edificio rosso mattone del Museo Africano; risalimmo via delle Tre Madonne; da piazza Pitagora, proseguimmo per via Stoppani e viale Parioli.

Durante tutto il percorso le avevo risposto a monosillabi.

"Ora che facciamo?" dissi, sul marciapiedi di viale Parioli.

“Io,” disse, “ho voglia di un cappuccino caldo.”

Entrammo da Hungaria.

Il cappuccino era bollente. Lo beveva a piccoli sorsi.

Quando finì di berlo, la implorai: “Ti prego, Carla, andiamo da me.”

Adesso esitava.

“Vengo,” disse, “se mi prometti che sei buono.”

“Te lo prometto,” dissi, col tono che doveva sciogliere ogni dubbio.

Ma, nell’ingresso, dopo averle tolto il cappotto, la baciai fino a farle mancare il respiro; quasi trascinandola, la portai nella mia stanza; le carezzai i fianchi e il seno; la carezzai davanti.

“Questo no!” si sottrasse di colpo.

Eravamo al bordo del letto.

Ci sedemmo.

“Io, certe volte, mi domando se tu mi vuoi bene sul serio,” dissi dopo qualche secondo.

“Perché?”

“Perché certe volte mi sembra di no.”

“Che te lo fa credere?”

“È una impressione.”

“Sbagliata.”

“Però, a chiederti se mi vuoi bene, sono sempre io.”

Teneva le braccia conserte.

“Non dici una parola,” mormorai.

“Che devo dire?”

“Se è vero che a chiedertelo sono sempre io.”

“È vero.”

La guardai.

“E per te è così difficile dirmi che mi vuoi bene,” dissi, “senza che te lo chieda?”

“No,” si schermì.

"Io te lo direi in ogni momento."
"Ogni momento," sorrise, "è una esagerazione."
"No, non è una esagerazione," la strinsi.
Poi, come la domenica a casa sua, la sospinsi contro il cuscino; le sganciai il secondo bottone della camicetta e le sfiorai il seno; le sollevai la gonna; infilai la mano nelle mutandine, facendola sussultare come quel giorno; tolsi la mano; la coprii con quasi tutto il corpo e, in brevissimo tempo, fui sopraffatto dalla mia emozione.

Erano le cinque e mezzo.
Alle sei, in via Barnaba Oriani, le dissi: "Che hai?"
Scrollò le spalle.
"Dai, dimmelo. Che hai?"
"Niente."
Mancavano dieci metri al cancello.
"Io," dissi, "lo so che hai. Pensi che sono un prepotente."
"Sì, e che ti importa solo una cosa di me."
Si era avvicinata al citofono.
Le bloccai il braccio.
"Ti rendi conto di quello che hai detto?"
"Sì, certo..."
"No, non te ne rendi conto."
Aveva chinato la testa.
Passò un minuto.
"Carla," finalmente dissi, "come fai a sostenere che a me importa una cosa soltanto? Come fai a non accorgerti di quanto bene ti voglio? Te ne accorgi? Dimmelo. Sì o no?"
"Sì," alzò la testa.
"Dunque?"
"Non lo so. Forse io non sono la persona adatta per te."
"Perché?"
"Perché tu mi vuoi bene in un modo, io ti voglio bene a

modo mio. Io non ho le tue certezze... Io sono una persona che non ha nessuna certezza..."

"Una persona che potrebbe cambiare idea dall'oggi al domani?" suggerii. "E magari innamorarsi del primo che passa?"

"Quello, no."

"Ah! Quello no?"

"No."

"Invece succederà, vedrai. Perciò," continuai, desiderando colpirla, "non è meglio che ci lasciamo?"

"Sì, è meglio."

Quindi spinse il pulsante del citofono; attraversò il giardino; senza voltarsi, si chiuse il portone alle spalle.

Adesso ero a un bivio: richiamarla, dirle che lasciarci era l'ultimo dei miei pensieri e chiederle perdono; oppure farmi trascinare dalla mia disperazione.

Scelsi la seconda strada. E, per una settimana, volendo mantenere il punto, soffrii come un cane.

Poi, all'inizio della settimana seguente, non avendola vista né a lezione di Letteratura italiana né a quella di Storia dell'Arte, non resistetti e, dopo pranzo, le telefonai.

"Che vuoi?" disse.

"Parlarti," risposi.

"Di che?"

"Di noi."

"Non ci siamo già detti tutto?"

"No, fammi venire: non ci siamo già detti tutto..."

Stava per piovere.

"Mia madre m'ha dato la sua macchina," quando varcò il cancello, indicai la Renault bianco panna, accostata al marciapiedi.

"Perché?" chiese perplessa. "Dove vorresti andare?"

"In un posto qualsiasi."

"Non lontano, però."
Parcheggiammo al centro del piazzale delle Muse.
"Scendiamo?" dissi.
Col capo fece cenno di sì.
Il piazzale delle Muse è un balcone aperto sulla valle del Tevere. Sotto il cielo scuro, si vedeva la striscia giallastra del fiume; il complesso dei Campi Sportivi; in fondo alla campagna, la sagoma triangolare del monte Soratte.
"È inverno," dissi.
Lei tacque.
Aveva una sciarpa color cammello attorno al collo, i guanti.
Ci sedemmo su una panchina.
"M'hai fatto passare una brutta settimana," mormorò.
"Anch'io," sospirai, "ho passato una brutta settimana."
"Tu te la sei meritata," replicò.
Erano le tre meno un quarto. Alle tre, cominciò a piovere.
Alla nostra macchina se ne erano affiancate altre due.
"Stiamo qui," dissi, "o ci spostiamo?"
"È uguale," disse.
Misi in moto. E, di lì a poco, entrammo nell'ingresso di Villa Borghese.
Potevamo proseguire sul viale che sale verso il Giardino Zoologico o su quello a curve che sale verso piazza di Siena.
Dopo la prima curva del viale che va verso piazza di Siena, spensi il motore.
La pioggia era aumentata, nel frattempo.
"Sembra di essere immersi in un acquario," disse Carla, allentandosi la sciarpa.
Dopo un po' se la tolse; si sfilò i guanti; si aprì il cappotto; mise sciarpa e guanti sul cruscotto; si girò di tre quarti; facendosi sorreggere, appoggiò la guancia alla mia guancia.

Rimanemmo in quella posizione, abbastanza precaria a dir la verità, parecchi minuti. Poi lei tornò al suo posto e allungò le gambe.

Così, di tre quarti, mi girai io.

M'ero riproposto di non far nulla che potesse turbarla, o la costringesse a respingermi. Appena l'abbracciai e la baciai sulle labbra, sentii nelle labbra che baciavo, nel corpo che stringevo, un cedimento all'abbandono superiore alla volontà d'entrambi, al quale non seppi opporre un freno.

E lei, non solo non mi respinse; mi assecondò, nell'angusto abitacolo della Renault, lasciandosi per la prima volta denudare il seno, abbassare le mutandine fino alle ginocchia, protetti, come eravamo, da quella nube d'acqua.

Ora, era difficile tornare indietro. Carezzare e baciare il suo seno nudo, tirarle su la gonna e scoprirla diventava una tentazione alla quale non potevo resistere, se avevamo l'occasione di star soli da lei o da me, o se da mia madre mi ero fatto prestare la Errequattro. Ci abbracciavamo forte, come per un bisogno di rassicurazione; ci baciavamo; rapidamente arrivava il momento che aspettavo con trepidazione.

Un pomeriggio, eravamo a casa mia in salotto. Mancavano quattro giorno al Natale. Loro sarebbero partiti già il ventitré per trascorrerlo insieme alla famiglia del fratello di suo padre a Milano, e trasferirsi successivamente al Sestriere – sempre insieme allo zio, alla moglie e ai due cugini; io sarei rimasto a Roma.

"Com'è il Sestriere?" domandai a un tratto.

"Il paese è brutto," rispose, "ma le piste sono stupende."

"Tu scii con i tuoi cugini?"

"Sì. Quasi sempre."

"E la sera che fate?"

"Vediamo gli amici."

"Milanesi pure quelli?"

"Sì, e qualcuno di Genova o Torino."

Da Hungaria, avevo comprato dei pasticcini.

"Non ne vuoi più?" le porsi il vassoietto.

"Ne ho già mangiati due..."

"Prendi il terzo."

"Fra un po', semmai," posò la tazza del tè.

Poi, accavallò le gambe, ruotò leggermente il piede, e disse: "Non mi hai detto se le mie scarpe nuove ti piacciono."

"Molto," dissi.

"Non sono troppo alti i tacchi?"

"No."

Ero triste: perché partiva; perché andava in un luogo che non conoscevo, in un albergo che non riuscivo a immaginarmi; perché non l'avrei vista per un periodo di tempo, che mi sembrava eterno, durante il quale tutto quello che fra di noi era accaduto – i baci, gli abbracci, le carezze – veniva di colpo annullato dalla distanza. Ma glielo dovevo nascondere. Così, m'alzai dalla poltrona e mi sedetti accanto a lei sul divano; con la punta delle dita le strofinai il dorso della mano; e, usando un tono che cercai di calibrare nella maniera giusta, le dissi: "Sono contento che fai questa bella vacanza."

"Anch'io sono contenta," disse.

"E a me ci penserai?"

"Certo," sorrise. "Almeno due volte al giorno."

"Non scherzare," la rimproverai.

"Non scherzo affatto," mi piantò gli occhi in faccia. "Due volte sono tante."

Poco prima, quando eravamo entrati in salotto e, con quei tacchi alti e la gonna di flanella stretta sui fianchi, s'era avvicinata all'albero di Natale che mia madre aveva addobbato con le lucine, le palle colorate e i fili d'argento, avevo avuto la netta sensazione che, rispetto al pomeriggio precedente in biblioteca, fosse cresciuta di alcuni anni. Questi occhi sgranati, al fondo dei quali affiorava sia il desiderio di testimoniarmi il suo affetto immutabile, che la saggezza femminile con la quale affrontava il distacco, non facevano che confermare quella sensazione. Quindi, a considerare concluso l'argomento, smisi di strofinarle le dita sul dorso della mano e gliele passai sulla guancia; mi rialzai e le dissi che volevo farle vedere una cosa nella mia stanza.

Era un quaderno con la copertina dura, del tipo di quelli che si usano negli uffici.

"Qua dentro," dissi, "ci sono le prime righe del romanzo che vorrei scrivere..."

"Un romanzo!" esclamò. "Non me lo avevi detto che volevi scrivere un romanzo. Qual è l'argomento?"

"Non ne ho idea."

"Come è possibile? Un progetto devi averlo."

"Invece," sollevai e di nuovo abbassai la copertina, "non ce l'ho. Comincia con un ragazzino che sta facendo un viaggio in treno, di notte. Il treno si ferma in una stazione, lui si sveglia, sente le voci della stazione di notte. Poi il treno riparte, e va veloce. Ma lui non riesce a riaddormentarsi. Perché il rumore delle ruote non lo culla: è un rumore che lo strappa non sa da che; lo porta via insomma..."

"Hai scritto solo questo?"

"Sì."

"E non sai che c'è dopo?"

"No."

"Che strano! Però è intrigante come inizio: la stazione, le voci, il rumore delle ruote..."

Eravamo fra la scrivania e il letto.

L'abbracciai; la costrinsi a distendersi sul letto; la soffocai di baci, e all'orecchio le dissi: "Non sarebbe più bello se ci togliessimo i vestiti?"

Sentii che si irrigidiva.

“Io,” disse, “non mi tolgo nessun vestito.”
“Ti prego,” insistetti. “La gonna e il golf...”
“Scordatelo,” provò a divincolarsi.
“Ti prego,” ripetei.
“Ho detto di no,” si liberò con uno strattone.

La raggiunsi che era sulle scale.
“Si può sapere che capita?” le afferrai un lembo del cappotto.
“Che deve capitare?” continuò a scendere. “Niente.”
“Stai scappando.”
“Non sto scappando. Vado a casa mia.”
Uscimmo dal portone.
“Io sono delusa, Ernesto,” disse, mentre superavamo le vetrine di Hungaria.
“Perché sei delusa?”
“Perché hai un comportamento infantile.”
“Che significa: comportamento infantile? Che sono prepotente, ho in mente un'idea soltanto: le tue solite accuse?”
“Sì.”
In viale Rossini, il marciapiedi, stretto, era affollato.
“Tu,” dissi, quando fummo nella più tranquilla via Bertoloni, “sei ingiusta con me.”
“Non sono ingiusta,” ribatté.
“Lo sei... Eccome...”
In via Barnaba Oriani, il cancello era chiuso.
“Carla...” dissi.
“Dimmi,” mormorò.
“Ho sbagliato. Scusami.”
“Non è quello il punto, Ernesto,” dopo un lungo sospiro, disse in un tono fermo.
“E qual è?”

"Il punto è che tu mi chiedi sempre scusa, poi te lo dimentichi subito e non ti accontenti mai; ecco qual è il punto..."

"Che non mi accontento mai?"

"Sì. E questo mi mette angoscia, non lo sopporto."

"Ma tu mi vuoi bene sì o no?"

"Non lo so."

"Ah, non lo sai?"

"No. Non lo so."

"Dunque, tutte le volte che negli ultimi tempi te l'ho chiesto e mi hai risposto di sì, hai mentito? Il giorno che al piazzale delle Muse hai detto che avevi passato una settimana brutta perché ci eravamo lasciati, hai mentito?"

"No."

"Allora, se non hai mentito, perché adesso dici: non lo so?"

"Perché adesso non lo so. Adesso, io ho bisogno di star sola..."

"Vuoi dire," suggerii con la voce che mi moriva in gola, "che non stiamo più insieme?"

"Sì."

"Sei sicura?"

"Sì."

"Va bene," le voltai le spalle. "Ho capito."

Ero stordito.

"Non è vero, non è vero, non è vero..." ripetevo senza sosta, in silenzio, avanzando in via Bertoloni, svoltando in viale Rossini; salendo le scale che pochi minuti prima avevo disceso inseguendola; sedendomi nel divano sul quale, dopo il tè e i pasticcini, avevamo scherzato sul numero delle volte, nelle quali, durante la vacanza a Sestriere con i cugini, avrebbe pensato a me; sollevando, in camera mia, la copertina del quaderno nel quale c'erano le prime righe

– che avrei voluto leggerle – del mio romanzo; sdraiandomi a pancia sotto sul letto sopra il quale non avrei voluto fare l'amore, solo star nudi e guardarla, carezzarla: come avevo immaginato fin da quando era entrata in salotto e, con le scarpe nuove che le slanciavano le gambe e la gonna stretta che le fasciava i fianchi, s'era avvicinata all'albero di Natale; stringendomi al cuscino, bagnandolo di lacrime, supplicandola di alzare la cornetta, fare il mio numero, dirmi che quello che aveva detto dovevo dimenticarlo. Ma il tempo passava, crudelmente, e il telefono non squillava, era muto. Così, in un impeto di ribellione, alzai io la cornetta, con la mano che mi tremava feci il suo numero, e, quasi bruscamente, dissi: "Vorrei parlare con Carla, sono Ernesto."

"Carla," rispose altrettanto bruscamente Ines, "non c'è."

"Le può dire che ho telefonato e se mi richiama?"

"Sì, glielo dico," borbottò.

Erano le otto.

Alle dieci, il termine ultimo che mi ero concesso, presi un foglio e una busta dal mobile del salotto in cui mia madre teneva gli album delle fotografie di famiglia, le ricevute delle bollette, e la carta da lettere, e scrissi: "Cara Carla, sono le dieci di sera. Alle otto ho parlato con Ines, che mi ha detto che non c'eri. L'ho pregata di riferirti che avevo telefonato, e se potevi richiamarmi. Non lo hai fatto. Per questo, ti scrivo. Io, una volta, ti ho detto che mi sono innamorato di te immediatamente quella mattina a Sabaudia e tu te ne sei stupita. Te lo ribadisco. Ma poi ti ho amata ancora di più. Tu, ogni tanto, dici che non hai certezze, hai solo incertezze su tutto. Io penso che in amore non esistono incertezze: non sono possibili. Forse, anzi, sicuramente, sono possibili in alcuni casi della vita. Nell'amore, no. E io, Carla, ti amo. E ti amerò per sempre. Buonanotte. Ernesto."

Le lacrime mi scendevano di nuovo sulle guance. Tuttavia, la tensione spasmodica che m'aveva incatenato in quelle ore, s'era ammorbidita: lasciava spazio a un filo di speranza. Quindi, piegai il foglio, lo infilai nella busta, scrissi il suo nome sulla busta, mi svestii e, pian piano, cercando di districarmi dall'ansia e dal dolore, scivolai nel sonno.

Fu un sonno duro. Alle sei ero sveglio. Alle nove, ero di fronte al cancello di via Barnaba Oriani.

Suonai il citofono.

"Sono Ernesto," dissi. "Ho una lettera per Carla."

"La metta nella buca della posta," disse Ines.

"Lei glielo dica, comunque, che c'è una lettera per lei."

"Sì. Ora dorme, però."

Quel giorno non telefonò. Nemmeno il giorno seguente. Il ventitré, alle undici – lo sapevo perché l'avevo accompagnata a prenotare i biglietti all'agenzia Rossini Travel di viale Rossini – avevano il treno per Milano. Montai in macchina e, alle dieci e un quarto, arrivai alla stazione.

C'era parecchia gente, essendo l'antivigilia. Comprai *Il Messaggero*; mi sedetti a un tavolino del bar più vicino all'ingresso di via Marsala, dal quale sarebbero passati venendo in taxi, e ordinai un caffè.

Non dovetti aspettare molto. Alle dieci e mezzo, con le borse e le valigie affidate al facchino, erano sotto il tabellone delle partenze.

Il loro binario era il quattro.

Mentre suo fratello e sua madre, dopo un breve conciliabolo, seguivano il facchino, lei si girò e, col portamonete in mano, venne verso il bar.

Aveva i jeans, una giacca a vento aperta, gli stivali.

Quando mi vide, si fermò.

"Sono venuto a salutarti," dissi, andandole incontro.

"Grazie," mormorò.
"E a chiederti se hai letto la mia lettera," proseguii.
"Sì, l'ho letta," disse.
"E non hai niente da dirmi?"
"No."
"Neanche una parola?"
"Io quello che dovevo dirti te l'ho detto."
"Che vuoi riprenderti la tua libertà?"
"Che voglio star sola."
"Che differenza c'è?" sorrisi ironicamente.

Poi le carezzai la guancia, e lei arrossì; feci un passo di lato, perché le sbarravo la strada; raccolsi *Il Messaggero*; uscii in via Marsala; risalii in macchina.

Adesso, non ero più stordito come il pomeriggio in cui, al cancello di via Barnaba Oriani, le avevo voltato le spalle e m'ero incamminato verso casa, ripetendo senza sosta: "Non è vero, non è vero, non è vero..." Adesso, spingevo il pedale del freno e quello della frizione; mettevo le frecce; fissavo la luce rossa del semaforo, le vetrine e le insegne dei negozi, i volti delle persone che camminavano sui marciapiedi o erano in attesa alle fermate degli autobus. E, in silenzio, schiacciato in ogni parte del corpo da un macigno, dicevo: "È finita."

Capitolo II

Abitavamo all'ultimo piano di via Barnaba Oriani, sopra l'appartamento degli zii, in una mansarda che sua madre, quando le avevamo comunicato che ci saremmo sposati, aveva ristrutturato e ampliato, incorporando la torretta e il vano dei cassoni, ormai inutilizzati, dell'acqua. Era la mansarda nella quale ci eravamo tolti i vestiti, dandoci le spalle, una settimana dopo il suo ritorno dal Sestriere; nella quale ce li eravamo tolti una seconda volta, guardandoci; nella quale, in un pomeriggio di febbraio che anticipava la primavera, m'aveva guidato, tremando, dentro di sé.

Adesso, la camera col vecchio letto matrimoniale, i quadri accatastati contro il muro, l'armadio a cassettoni pieno di cianfrusaglie, era diventata la stanza di Paolo e Guido; la nostra era nella torretta; l'altra camera più piccola, usata come ripostiglio, era servita ad allargare gli spazi del bagno e della cucina; il vano dei cassoni era stato trasformato in salotto, sala da pranzo e studio per me.

Avevo pubblicato tre romanzi, finora. Il primo, abbastanza complicato nella sua struttura, raccontava di un viaggio che un gruppo di amici, abituati a incontrarsi nel caffè del Giardino Zoologico di Roma, facevano negli Stati Uniti, dall'Arizona a New York; quindi, del ritorno in Europa, dove si separavano – per vivere alcuni a Roma, altri in un paesino sperduto delle Dolomiti – rimanendo in contatto, tuttavia, con lo scambio di lunghe lettere, sicché il romanzo diventava un romanzo epistolare. Gli altri due, molto diversi sia nella struttura che nello stile, catalogati dai critici come romanzi tradizionali, avevano per oggetto la famiglia, la casa, il matrimonio. Li avevo scritti – il terzo in particolar modo – abbastanza rapidamente e senza grandi intoppi. Il quarto, invece, iniziato per pura coincidenza il cinque di luglio, giorno del mio trentasettesimo compleanno, nonostante ci avessi lavorato, prendendolo e lasciandolo, tutta l'estate, sia a Sermoneta che a Roma, era ancora bloccato al capitolo numero uno. Infatti, già da un paio di settimane, ero nervoso, di cattivo umore; la notte, mi giravo e rigiravo nel letto.

Finché, una sera, settembre era agli sgoccioli, Carla mi fissò negli occhi.

"Cos'è che ti tortura, Ernesto?" disse, col tono mite che nasceva dal naturale rispetto per il suo prossimo.

"Perché me lo chiedi?" m'allarmai.

"Perché sei inquieto, nervoso..."

"Non è vero."

"Sì che è vero, non negarlo. Non è mica una colpa. Se uno è nervoso, di solito ha dei motivi."

"Io," replicai, "non ho nessun motivo."

"E io," insistette, "non ci credo. Su, dimmelo: cos'è che ti angoscia? Il libro che stai scrivendo?"

"Vorrai dire: il libro che non sto scrivendo?"

"Come preferisci. È quello?"

"Sì. E mi distrugge."

"Se ti distrugge, non potresti smettere, per un po'?"

"È inutile."

"Ne sei convinto? Non pensi che uno stacco ti farebbe bene?"

"No."

Eravamo sul divano. Al centro del tavolo da pranzo, rimanevano i bicchieri e la bottiglia del vino, una coppa di frutta. Sulla scrivania dietro alla quale quella mattina avevo penato quattro ore, riuscendo solo verso l'una a mettere insieme poche parole, giaceva la cartellina di cartone plasticato chiusa da un elastico, all'interno della quale erano custoditi tredici fogli pieni di correzioni e di cancellature. Dai vetri spalancati, entravano i profumi sfatti del giardino e il mormorio dei grilli.

"Tu non hai sonno?" dopo qualche minuto di silenzio, Carla domandò.

"No," risposi.

"Io, stasera, da morire."

"Addirittura?"

"Non mi sono fermata mai."

Stava raccogliendo un sandalo dal tappeto.

Quando la raggiunsi in camera da letto, aveva ancora la gonna e il reggiseno.

"Questa collana è infernale," disse, cercando di sganciare il fermaglio.

"Vuoi che t'aiuto?" m'avvicinai.

"Provaci," scostò le dita.

Non era facile.

"Ecco!" finalmente esclamai.

Quindi, le circondai la vita con le braccia; la baciai sulla nuca, sul collo, sulle spalle, mentre si sfilava gli orecchini; le sfiorai le labbra; sempre tenendola stretta, arretrai di due passi e la feci distendere sul letto; mi spogliai; le carezzai i seni, che la maternità non aveva appesantito; muovendomi piano, affondai la faccia nel cuscino.

Mi destarono le voci provenienti dalla cucina.

"Diglielo tu, Ernesto," disse Carla, indicando le due fette di pane e marmellata intatte accanto alla tazza di Guido.

"Avanti, fai il bravo," gli poggiai una mano sulla spalla. "Almeno questa, che è più piccola, mangiala."

"Non mi va," la scansò. "Ho bevuto il latte."

"Il latte è poco. Una cosa solida devi metterla nello stomaco."

"Sì, ma non mi va."

Erano, sia lui che Paolo, in pigiama.

"Li accompagni tu o li accompagno io?" mi sedetti al posto di Guido, mentre andavano a lavarsi i denti e a vestirsi.

"È uguale," rispose. "Se vuoi, vado io."

Stava uscendo il caffè: lo versò in due tazzine, mi allungò quella un po' più piena, e, soffiando sulla sua, rimase tra la finestra e i fornelli.

Aveva i capelli non ravviati dai colpi di spazzola che di solito si dava prima di uscire dalla stanza; gli occhi assorti; la camicia da notte attraversata, all'altezza dei fianchi, da un raggio di sole che proprio in quel momento s'era aperto un varco nelle nuvole che sporcavano il cielo.

"Perché non ti siedi?" la invitai.

"Perché siamo in ritardo."

Allora finii di bere il mio caffè; depositai la tazzina nel lavello; aspettai che facesse lo stesso e, sbarrandole la strada, l'abbracciai.

"Possibile," mormorai, "che scappi sempre?"

"Io scappo sempre?"

"Non stai mai con me."

"Io non sto mai con te?"

"Mai."

"Come fai a dirlo?"

Mancavano cinque minuti alle otto.

Alle nove – nella casa vuota – aprii la cartellina di cartone e caricai la penna stilografica.

Ero al punto in cui Leone Bellentani, un giovane ingegnere nemmeno quarantenne, saluta nell'ingresso sua moglie Sofia e, a piedi, da via Panama, si dirige verso l'ufficio di viale Liegi dove ha sede l'impresa di costruzioni che ha ereditato dal padre e dallo zio, nella quale infatti è socio e lavora suo cugino Simone. Simone e Leone hanno la stessa età. Leone, appassionato cacciatore, ama teneramente la moglie Sofia; i figli: Luca ormai undicenne, Livia di nove e Matteo di sei anni; le tradizioni familiari; la vecchia casa di campagna immersa negli ulivi che, insieme alla sorella, possiede a ridosso dei monti, in posizione leggermente elevata rispetto al borgo di Ninfa. Ma è un uomo inquieto, e vulnerabile, nonostante il modo di fare sicuro di sé, allegro e schietto. Certe volte, soprattutto se è solo – sta tornando, magari, da una battuta di caccia in una di quelle domeniche tipiche di settembre in cui la luce, ancora prima del previsto, inizia ad accorciarsi; oppure è in viale Liegi, senza la segretaria, che controlla dei conti; o è in salotto a leggere il giornale – all'improvviso sente un'ombra. Da dove sorge? Non sa dirlo. "Dimmi la verità: a te quanto ti importa di me?" la sera precedente gli ha chiesto Sofia in camera da letto. "Tantissimo," soffocandola quasi nell'abbraccio, le ha risposto. Lei ha una grazia innata, una ironia sottile dietro la quale a tratti può nascondersi, che le permettono anche domande dirette come quella, "sciocche, per giunta, prive di ragioni", dice Leone nella fredda mattina invernale tra sé e sé. Intanto, poiché ha camminato di buon passo, è alla fine di via Panama. A piazza Ungheria, davanti alla porta del bar Hungaria che fa angolo con viale Rossini, c'è una figuretta bruna. È Sandra Ballio: ha trentacinque anni, un corpo di media statura sinuoso e morbido. Simone la conosce da non molto. L'ha portata in via Panama alla cena dell'ultimo dell'anno. Leone le fa un cenno di saluto e le va incontro. I due entrano da Hungaria. Sandra spiega che ha un appuntamento con Simone; Leone si apre il cappotto. Lo specchio di fronte al quale sono allineate le bottiglie dei liquori riflette gli occhi color carbone, la barba scura, corta, che gli incornicia le guance; il naso piccolo, all'insù, le labbra marcate dal rossetto della donna di cui si è innamorato suo cugino, accanto alla quale – lui, Leone – è stato seduto alla cena di San Silvestro, facendola sorridere spesso. Hanno ordinato un tè e un latte macchiato. Tra poco arriverà Simone che – dice Sandra – è sempre in ritardo...

Posai gli occhiali. L'idea di raccontare quello che di lì a qualche minuto sarebbe accaduto all'interno del bar, per continuare con la mattinata di Leone, il suo ritorno a casa, il pranzo insieme a Sofia e ai bambini, mi provocava lo stato di impotenza, e insieme di smarrimento e timore, che prima di cominciare mi coglieva ogni giorno. Ma mi feci forza. Rinforcai gli occhiali, impugnai la penna stilografica, e, scorgendo un lampo, riflesso dallo specchio, negli occhi del cacciatore, affrontai la parte bianca della pagina.

C'era spazio per sette righe. Ne scrissi tre, con fatica, in un'ora, quattro, con altrettanta fatica, nell'ora seguente e, incredibilmente, ben quindici sul foglio nuovo, finché, esausto, decisi di riavvitare il cappuccio della stilografica; mi lavai la faccia; infilai le chiavi e il quadernetto degli appunti nelle tasche della giacca; scesi le scale; all'incrocio con via Denza e via Bertoloni, proseguii in via Bertoloni; comprai i giornali; passando per viale Parioli, risalii in via Barnaba Oriani.

Il cielo non si era schiarito. L'aria era più pesante, semmai.

“Oggi come è andata?” chiese Carla dopo l’uva e un avanzo di crostata, allungando una mano sul cuscino centrale del divano.

“Oggi?” dissi. “Meno peggio del solito.”

“Sarebbe a dire?”

“Che ho scritto ventidue righe.”

“Sul serio?”

“Sul serio.”

“Però non sembri contento.”

“Che te lo fa pensare?”

“Non lo so, è una impressione. Non hai aperto bocca.”

“Quando?”

“A tavola. Durante tutto il pranzo.”

Trascorsero alcuni secondi.

“Ma io,” dissi, “sono questo gran peso per te?”

“No,” sospirò, “non sei un gran peso.”

“Sì che lo sono. E posso anche spiegarti perché.”

“Perché?” corrugò le sopracciglia.

“Perché tu mi rifiuti nel profondo...”

“In che senso? Che vuoi dire?”

“Che tu sei diversa da me; i miei pensieri ti fanno paura, ti facevano paura fin da quando eravamo ragazzi; li vivi come un peso che ti opprime, e te ne tieni alla larga...”

“Non è così...”

“Invece è così. Del resto, posso capirlo. Tu sei luminosa, leggera... Per quale motivo dovresti condividere un modo di essere che non è il tuo?”

Stavolta non replicò.

Aveva le sopracciglia ancora corrugate, le braccia intrecciate contro il petto.

Dal piano di sotto veniva il suono di una voce femminile che concludeva, con la situazione nell’Italia meridionale e nelle isole, le previsioni del tempo.

"Io non sto bene," dissi, mentre, sulla sigla del telegiornale, abbassavano il volume.
"Che hai, Ernesto?" mormorò.
"È come se dentro avessi un velo che mi impedisce di vivere la vita con gioia."
"Un velo che ti impedisce di vivere la vita con gioia... Questa," era impallidita, "è una cosa tristissima; inconcepibile."
"Lo so."
"Sì, lo sai. Ma è inconcepibile. È un insulto."
"Nei confronti di chi?"
"Di te stesso, di me, dei bambini."
"Voi che c'entrate?"
"Niente," s'alzò di scatto.
M'alzai anch'io.
Nella loro stanza, Paolo e Guido si stavano preparando per il calcio.
"Guarda che disordine!" Carla li rimproverò. "Tutto per terra. Forza, prendete le borse e salutate vostro padre."
Li baciai.
Poi, dalla finestra, li vidi salire in macchina e mi sedetti alla scrivania.
Dovevo controllare le bozze di un racconto che mi aveva commissionato una rivista mensile; finire una recensione per il giornale; impostare una prefazione per una edizione economica di *Coppie*, il romanzo di John Updike. Controllai le bozze, facendo piccole correzioni e le infilai in una busta; terminai la recensione e rimisi la Olivetti-Lettera 32 sopra l'armadietto basso nel quale tenevo i ritagli degli articoli e i manoscritti dei miei libri; aprii la cartellina di cartone plasticato e rilessi le ventidue righe divise fra il penultimo e l'ultimo foglio, scoprendo una imperdonabile ripetizione; chiusi la cartellina con l'elastico; uscii.

Alle sei, girai la chiave nella serratura della porta.
"Mamma?" domandai.
"Ha detto che doveva fare delle commissioni," rispose Paolo.
Tornò alle otto meno un quarto.
Alle dieci, come poche ore prima, eravamo sul divano.
"Io," dissi, "ho riflettuto su quello che mi hai detto."
"Davvero?" stirò appena le labbra.
"Sì."
"E a che conclusione sei giunto?"
"Alla conclusione che hai ragione a essere offesa. Mi dispiace. Non volevo offenderti."
Adesso, la piega amara del sorriso era scomparsa.
"A me," disse, "non importa aver ragione. A me importa che tu sia felice. Un velo che ti impedisce di vivere la vita con gioia! Cosa credi, che gli altri non abbiano le loro pene, dei momenti di malinconia o di sconforto? Credi che li hai solo tu? Questi pensieri dai quali io mi terrei alla larga, secondo le tue accuse, li hanno tutti. Ma tu te ne lasci travolgere, non opponi nessuna resistenza. E per me è difficile, molto, stare accanto a una persona che si lascia travolgere, è preda delle sue ansie, delle sue angosce e non fa niente per reagire... Non ci riesco."
"Quindi?"
"Quindi, smettila di rovinarti l'esistenza, Ernesto. Altrimenti, non andiamo avanti. Non è possibile andare avanti così."

Passarono alcuni giorni; una settimana; due.

Covavo un rancore insopprimibile. Carla non se ne accorgeva, perché cercavo in ogni modo di nasconderglielo, e perché aveva la sua vita: l'università, i bambini, la madre sempre bisognosa di attenzioni e di compagnia, i problemi finanziari del fratello Marco. Ma, da quella sera, non avevamo più fatto l'amore. Dopo cena, guardavamo la televisione per un'ora, un'ora e mezza; ci alzavamo dal divano; riempivamo i bicchieri d'acqua in cucina; ci spogliavamo; spegnevamo i lumetti sui comodini; presto, dalla regolarità del respiro capivo che era immersa nel sonno. Allora pensavo a lei sulla spiaggia di Sabaudia, distesa a pancia in giù, il primo sabato di giugno, mentre, con la scusa di spalmarle la crema protettiva, indugiavo a carezzarle le gambe, finché, metà della faccia schiacciata sul telo, aveva detto: "Dai, stai buono!"; pensavo a lei a Sermoneta, quando, in uno degli ultimi pomeriggi di luglio, sottraendosi al mio abbraccio, s'era avvicinata alle persiane per assicurarsi che Paolo e Guido fossero sul piazzale, e, nel frastuono assordante delle cicale, m'era crollata addosso; pensavo alle infinite volte che avevo scrutato, toccato, baciato il suo corpo nudo che non doveva avere segreti per me e adesso, avvolto nella camicia da notte di cotone, era a pochi centimetri di distanza, sprofondato in un oblio popolato di chissà quali sogni, e una stilla di dolore, mescolandosi al risentimento, si dilatava nel petto. Poi, la mattina, bevevamo il caffè, sorvegliando la preparazione degli zainetti e la colazione di Paolo e Guido; seguendo dei turni che avevamo stabilito, li accompagnavamo a scuola; se il turno era il suo, di solito rimaneva fuori, non tornava fino al momento del pranzo; mangiavamo, di nuovo usciva, e ci rivedevamo alle sette; preparavamo insieme la cena; accendevamo la televisione; andavamo a letto.

Quanto poteva durare? Non avrei saputo dirlo.

Una notte, quando ancora non dormiva, pian piano mi spostai sotto le lenzuola, la baciai sulla nuca, l'abbracciai aderendo coi fianchi ai fianchi, e dissi: "Non potremmo fare la pace?"

"La pace," rispose, "si fa se si è in guerra."

"E, secondo te, noi non siamo in guerra?"

"No: noi non siamo in guerra."

"Allora, se non siamo in guerra, potresti girarti..."

"Dici che dovrei girarmi?"

"Sì."

"E per quale motivo?"

Si stava girando, comunque; era supina. Quindi la baciai sulla bocca e facemmo l'amore; subito dopo, ci distaccammo; lei andò in bagno e di nuovo mi dette le spalle; io, nella mezza luce che filtrava attraverso uno spiraglio della porta, fissai la parete, il comò con lo specchio davanti al quale l'avevo aiutata a sciogliere la collana, la sedia accanto al comò con sopra i suoi vestiti, finché la coscienza m'abbandonò; ci svegliammo quasi contemporaneamente; tirammo su la serranda in camera di Paolo e Guido; preparammo la colazione; essendo il mio turno, cominciai a vestirmi.

Erano le otto. Alle otto e dieci, dal Parco delle Rimembranze, salivamo su viale Parioli intasato dal traffico; alle otto e tre quarti, toglievo le chiavi dal cruscotto.

Lei stava uscendo dal cancello.

"Già vai?" dissi.

"Sì," disse. "Devo passare un attimo in biblioteca e, prima della lezione, Alleva ci ha convocati da lui."

"A che ora?"

"Alle dieci e mezzo."

"Vuoi la macchina?"

"No. Prendo la Circolare."

"Sei sicura?"

"Sì."

Pareva impaziente di muoversi.

"Senti, Carla," dissi, "voglio chiederti una cosa."

"Cosa?" disse avviandosi.

"Tu pensi davvero che il nostro matrimonio è in pericolo?"

"Me lo domandi così? In mezzo alla strada, alle nove?"

"Sì."

Eravamo in prossimità dell'Albergo degli Aranci.

"Io," disse quando lo sorpassammo, "penso che ogni matrimonio è in pericolo; sempre, dal primo all'ultimo giorno..."

"Io," la interruppi, "ti ho chiesto del nostro."

"Il nostro è come tutti gli altri."

"Come tutti gli altri?"

"Sì. Come tutti gli altri."

Vedendola allontanarsi in via Bertoloni, con la borsa a tracolla, la giacca corta color ruggine, i mocassini marrone, avevo soppresso l'impulso di chiamarla perché mi aspettasse e, di seguito, quello di raggiungerla. Adesso, seduto dietro la scrivania, tormentato da una sensazione di precarietà e di spaesamento che dal giorno in cui ci eravamo sposati non avevo sperimentato mai, pensavo che molto presto, una sera dopo cena, m'avrebbe detto: "Ernesto, è meglio che per un po' di tempo facciamo la prova di vivere ciascuno per conto suo", usando lo stesso tono freddo col quale, appena superato l'Albergo degli Aranci, aveva sostenuto che il nostro matrimonio era identico a tutti gli altri; pensavo che, con quelle parole, all'improvviso, anni e anni d'amore colmi di baci, di carezze, del profumo della sua pelle, del sapore delle sue labbra, si sarebbero ridotti a nulla, sarebbero sprofondati nel vuoto; ascoltavo il suono di un aereo da turismo nel cielo azzurro sopra Villa Glori, il canto sfaldato degli uccelli in giardino; mi alzavo e mi affacciavo alla finestra; mi risedevo e, inutilmente, tentavo di mettere insieme due righe decenti; pensavo a noi: a lei, a me, a Paolo e a Guido, e mi dicevo che stavo vaneggiando; la rivedevo allontanarsi in via Bertoloni con la giacca color ruggine, i mocassini marrone, le caviglie sottili; provavo a cancellare ogni pensiero dalla mente; cedevo al rancore non sopito.

Trascorsero tre ore. A mezzogiorno e mezzo, chiusi la porta di casa; arrivai in piazza Pitagora; girai per via Stoppani; comprai i giornali; entrai da Hungaria; uscendo, me la trovai di fronte.

"Guarda che roselline," disse.

"Chi te le ha regalate?" sorrisi.

"Nessuno. Le vendeva un ambulante davanti all'università. E non ho resistito."

La Circolare dalla quale era appena scesa, curvava su viale Rossini.

"Oggi," disse, mentre attraversavamo le strisce verso viale Parioli, "Alleva ha fatto una lezione veramente stupenda."

"Di che ha parlato?" domandai.
"Della *Vocazione di san Matteo.*"
"Che sta a Santa Maria del Popolo, se non mi sbaglio."
"No, a San Luigi dei Francesi. A Santa Maria del Popolo, ci sono la *Crocifissione di san Pietro* e la *Conversione di san Paolo.*"
"Giusto."
"Comunque... È straordinario. I ragazzi erano affascinati."
"Me lo immagino."
Avanzavamo, senza fretta, sul marciapiedi del Cigno.
"Io," disse a un tratto, come ricordandosene in quel momento, "dovrei arrivare al mercato."
"Vengo con te," dissi.
Eravamo fra gli ultimi clienti. Comprammo l'insalata, i pomodori e la frutta; posammo le buste di plastica sul tavolo della cucina; Carla mise la pentola dell'acqua sul fuoco; io andai a prendere i bambini a scuola; mangiammo la pasta, le cotolette e l'insalata; sparecchiammo.
Il sole entrava dappertutto.
"Tu ora vai a trovare tua madre?" dissi, infilando un piatto nella lavastoviglie.
"No," rispose. "Perché?"
"Perché si potrebbe fare una passeggiata."
"Una passeggiata?"
"Con questo tempo!"
"È vero. Ma io preferisco mettermi un po' sul letto. Vai tu."
"Sì," dissi. "Andrò io."
Cambiai idea, invece.
Temporeggiai in salotto una ventina di minuti; in punta di piedi entrai in camera da letto; mi sfilai la giacca e le scarpe e m'allungai dalla mia parte; chiusi gli occhi; più ra-

pidamente di quanto pensassi, precipitai nel sonno; riaprii gli occhi e vidi che erano le quattro; puntai un gomito sul cuscino e le sfiorai la fronte.

"Che ore sono?" ebbe una lieve scossa.

"Le quattro."

"La passeggiata era bella?" senza sollevare le palpebre, domandò.

"Non sono andato," dissi.

"Perché?"

"Perché ho dormito anch'io."

"Sul divano?"

"No. Qui."

La casa era silenziosa.

"È un'idea mia, o Paolo e Guido non ci sono?" disse sbadigliando.

"Saranno scesi in giardino," ipotizzai.

"Ora devono fare i compiti, però."

"Hanno tutto il pomeriggio."

Continuavo a tenere il gomito puntato sul cuscino; a scrutare dall'alto in basso i riccioli biondi appiccicati alle tempie, le palpebre semicalate con le quali, nonostante le buone intenzioni materne, denunciava la riluttanza ad affrontare il pomeriggio; a respirare, nella luce obliqua della stanza, il calore che aveva custodito il sonno. Quindi, le sfiorai di nuovo la fronte; allargai il plaid scozzese che la copriva; mi ci rannicchiai sotto; le passai un braccio sulla pancia e stetti immobile.

Anche lei stette immobile; almeno un paio di minuti. Poi, mi spostò il braccio, disse: "Su, muoviamoci" e mise i piedi in terra.

Aveva la camicetta e i collant. Si mise i jeans e i mocassini; dall'armadio prese un cardigan di lana grossa fatto a mano; si dette tre, quattro colpi di spazzola; fece dietrofront.

In quell'istante, suonò il campanello.

"Eccoli!" esclamò.

Erano le quattro e un quarto.

Alle quattro e mezzo, dopo aver raccomandato a Paolo e Guido di non litigare e di fare bene i compiti, portandosi un libro che l'indomani avrebbe restituito in biblioteca, scese al pianterreno. Io riaprii la cartellina del romanzo e, senza alcun successo, cercai di recuperare, magari con una frase, qualche parola, il mattino perduto; chiusi la cartellina; scrissi la metà di un articolo; mi sedetti sul letto di Guido assorto nella lettura di un giornalino a fumetti; gli stropicciai i capelli; dissi che uscivo e sarei tornato fra non molto; in giardino, la osservai per qualche secondo, attraverso la finestra illuminata, china sul libro, nella sua stanza di ragazza in cui di solito studiava, perché così non ci disturbavamo; mi incamminai verso piazza Pitagora; a piazza Pitagora imboccai via delle Tre Madonne; di lì, proseguii in via Ulisse Aldrovandi; superai la Biblioteca Antonio Baldini, fuori della quale sostava un gruppo di ragazzi; arrivai alla Valletta dei Cani.

Calava la sera.

Mi inoltrai di qualche passo. I prati erano deserti. Le chiome degli alberi si ergevano nella semioscurità.

Alle sette, rifeci il percorso all'incontrario.

"Dove sei stato?" disse Carla dalla soglia della cucina.

"Al Parco dei Daini," mentii.

"Fino al Parco dei Daini?"

Vennero le nove. Le nove e mezzo.

Man mano che si avvicinava il momento in cui saremmo rimasti soli, cresceva la mia inquietudine: combattuto, com'ero, fra il desiderio di porle la domanda che mi aveva ossessionato tutto il giorno e il timore di ricevere una risposta inaspettata – simile a quella relativa al nostro matrimonio in pericolo – che non avrei potuto sostenere; catturato dalla nostalgia che non le dovevo mostrare; insidiato da un cupo istinto di ribellione. Così, quando Paolo e Guido, accogliendo l'ennesimo invito della madre, si decisero ad alzarsi dal tappeto, li accompagnai e, intanto che si spogliavano, misi in ordine i vestiti; tornai in salotto e, in piedi dietro alla scrivania, rilessi la metà dell'articolo battuto a macchina; mi versai un dito di whisky, lo ingoiai e mi riaccostai allo schienale del divano.

"Io," dissi, "me ne andrei a dormire."

"Io," disse, "vedo la fine del film e ti raggiungo."

Non aspettai molto.

"Era un filmetto," disse, sbottonandosi il cardigan. "Però, divertente."

"Insomma..."

"Perché a te non piacciono i gialli."

Avevo acceso il lumetto del mio comodino.

Senza accendere il suo, si calò i jeans, i collant e le mutandine; si chinò davanti al comò per prendere una camicia da notte con le maniche lunghe; si sbottonò anche la camicetta e si sganciò il reggiseno; rimase qualche secondo nuda, prima di infilarsi la camicia da notte; aprì le coperte; se le tirò fino al collo.

"Non spegni?" disse.

"No," intrecciai le mani sopra la testa. "Voglio parlare con te."

"Adesso?"

"Sì, adesso."

"Allora parla."

"Non sei incoraggiante."

"E tu sei esasperante."

"Perché?"

"Perché non ti si può mai dire nulla, Ernesto, questa è la realtà: nulla. Io, stamattina, ti ho detto una cosa vera..."

"Che il nostro matrimonio è in pericolo."

"No. Ho detto che tutti i matrimoni possono essere in pericolo: compreso il nostro."

"Che è uguale agli altri."

"Sì. E lo ribadisco."

"Ma tu mi vuoi bene, Carla?" spensi il lumetto.

"Sì, ti voglio bene, Ernesto," si voltò su un fianco.

Avrei voluto baciarle la nuca, incollare il mio corpo al suo, come la sera precedente: il pensiero, inconfessabile, che sul letto ci fosse un altro uomo a guardarla mentre si chinava a estrarre la camicia da notte dal cassetto, m'assalì di nuovo e me lo impedì.

Non la riconoscevo più. Dov'era finito il trasporto innocente col quale, nei primi tempi, faceva l'amore? Dov'erano le tenerezze segrete, appena coperte da uno sguardo brusco? Le parole capaci di superare le negligenti barriere del suo cuore? Quegli abbracci senza pensieri ai quali ci consegnavamo davanti ai bambini, nella loro stanza, in cucina, in salotto?

Furono settimane difficili. Il corso del professor Alleva, articolato nelle sue lezioni, nelle esercitazioni e nelle visite alle chiese e ai musei di piccoli gruppi di studenti affidate agli assistenti, se da un lato le portava via una quantità di tempo, dall'altro le procurava una sensazione palese d'appagamento. Con una sua amica del liceo s'era iscritta a un circolo di tennis sul Lungotevere, fra il Ponte Duca d'Aosta e Ponte Milvio. A tavola, raccontava a Paolo e Guido come era la camera oscura di Caravaggio; com'era Roma in quegli anni, con le bettole, le risse, gli intrighi, i grandi palazzi dei cardinali; quello che dicevano gli studenti di fronte ai quadri; quanto era bello uscire dalla Galleria Borghese al tramonto e vedere il cielo rosso contro i pini. Dopo mangiato, si avvolgeva nel plaid. Usciva. La sera, si spogliava veloce e, rabbrividendo di freddo, entrava nelle lenzuola. Io scrivevo tutta la mattina. Quando tornava a casa dal tennis per la doccia, mi preparavo un caffè e lo bevevo, mentre finiva di rivestirsi, sulla soglia della camera da letto. Quando era fuori e non sapevo dove fosse, mi torturavo aspettando il ritorno; poi, al rumore della chiave nella serratura, le andavo incontro e venivo respinto dallo sguardo fermo con il quale affrontava il mio. Quando facevamo l'amore, avvertivo una resistenza che si imponeva di vincere, e non riuscivo a contenere la tensione. Al buio, pensavo che era ingiusta; che non mi voleva più bene; che presto sarei rimasto solo.

Il romanzo andava avanti, intanto. Dopo il matrimonio di suo cugino Simone con Sandra Ballio – e appena pochi mesi, durante i quali l'attrazione reciproca, nonostante il vincolo matrimoniale, s'era manifestata con sufficiente chiarezza – Leone Bellentani e Sandra erano diventati amanti. Leone era anche innamorato. Lei diceva di no. Ma, in questo modo, lo irretiva. Sofia, naturalmente, soffriva: perché, pur essendo all'oscuro sulla identità della persona che stava minando la felicità familiare e poteva distruggerla, conosceva troppo bene suo marito per non ingannarsi. La situazione era parecchio aggrovigliata, dunque. Finché, all'improvviso, alla vigilia dell'estate, Sandra era scomparsa; Simone, lasciando momentaneamente il suo incarico nella società, aveva accettato un lavoro a Milano; Sofia e i bambini erano partiti per Ninfa; Leone, stordito, era rimasto nel luglio infuocato della città. Poi, ai primi di agosto, li aveva raggiunti, e Sofia si era illusa che la tempesta si fosse allontanata, perché Leone la colmava di carezze. A settembre erano tornati in via Panama. A ottobre Sandra era riapparsa nell'ufficio di viale Liegi; aveva comunicato a Leone che lei e Simone avevano deciso di separarsi; che abitava in un appartamento provvisorio che le avevano dato i suoi genitori in via dei Villini. Leone aveva spento le luci dell'ufficio; erano arrivati in questo appartamento provvisorio e s'erano quasi strappati i vestiti di dosso; lui, baciandola, le aveva sussurrato che nella sua assenza aveva creduto di impazzire; lei gli aveva confessato che lo amava. Era ricominciata la tortura, perché immediatamente Sofia aveva capito, e Leone non poteva neppure immaginare di dare un dolore a lei e ai figli. Una sera, abbracciandolo, Sofia gli aveva chiesto di andarsene via di casa.

Ora, ero in via dei Villini. Una mattina, avevo da poco posato la penna per una pausa e guardavo fuori. Carla si stava togliendo le scarpe da ginnastica e la tuta che le avevo regalato a Natale.

"Vi siete divertite?" domandai, continuando a scrutare il cielo azzurro.

"Molto," rispose. "Anche se all'inizio non la prendevamo tanto."

"Eravate fredde?"

"Sì. Però la tua tuta è formidabile..."

"Sono contento che ti ci trovi bene," m'alzai per andare a caricare la macchinetta in cucina.

"Benissimo, davvero," mi passò davanti e si chiuse in bagno.

Non ci stette tanto.

"Ho pensato che i capelli non me li lavo," disse rientrando in camera. "Che dici: me li devo lavare?"

"No, non c'è bisogno," m'accostai allo stipite della porta.

"Sì. Reggono."

L'accappatoio era semiaperto: se lo fece scivolare dalle spalle sul letto e ci si sedette sopra; s'agganciò il reggiseno; cominciò a infilarsi i collant.

"Oggi," dissi, "tu hai quel pranzo?"

"Sì," annuì. "A largo della Fontanella Borghese."

"E chi siete?"

"Te l'ho detto: il professore americano, Alleva e noi tre assistenti."

Mancava un quarto all'una.

All'una, chiamò il taxi.

A metà pomeriggio, sprofondò in un angolo del divano.

"È stato un pranzo lungo," commentai, abbassando il *Corriere della Sera*.

"Non tanto il pranzo, quanto il seguito," precisò.

"Perché? Che è successo?"

"Prima, hanno voluto bere il caffè da Rosati; quindi c'è stata la visita alla Cappella Cerasi di Santa Maria del Popolo, dove abbiamo avuto una specie di lezione congiunta sulla *Conversione di san Paolo* e la *Crocifissione di san Pietro*; poi il riaccompagnamento all'albergo, che per fortuna era il Locarno; ed eccomi qui... È un bel tipo questo americano. Insegna a Stanford."

"Che età ha?"

"La stessa di Alleva: cinquantatré. La settimana prossima va per un mese a Parigi."

"In vacanza?"

"No. Tiene otto lezioni su Caravaggio. Anche Alleva ci andrà; a giugno. Per la mostra al Grand Palais. Lui farà una conferenza all'Istituto Italiano di Cultura."

Aveva allungato le gambe sui cuscini e reclinato la testa sul bracciolo.

"Io," dissi, "ieri ho chiuso la prima parte del libro e oggi ho attaccato la seconda."

"Davvero?" mormorò.

"Davvero."

"E come si è conclusa la prima parte?"

"Con lei che, avendo capito tutto, dice a lui che deve andarsene di casa."

"Così?"

"Sì."

"E lui che fa?"

"Va dall'altra, in via dei Villini."

"Quindi, dopo Simone e Sandra, anche Leone e Sofia si separeranno?"

"Non lo so," m'alzai dalla poltrona.

Paolo e Guido stavano accatastando al centro di una aiola dei rami secchi.

"Che intenzioni avete voi due?" li interpellai, sporgendomi.

"Li bruciamo," rispose Guido.

"Siete matti?"

"Nonna," disse Paolo, "ci ha dato il permesso."

Mi girai.

"Che fanno?" Carla domandò.

"Vogliono bruciare dei rami secchi," m'allontanai d'un passo.

"Che non s'azzardassero."

"Dicono che tua madre gli ha dato il permesso."

"Sono terribili," sospirò.

Ero vicino alla scrivania.

"Ti posso leggere le ultime pagine?" misi una mano sulla cartellina.

"Sì, leggimele," disse.

Erano le cinque e un quarto.

Alle cinque e mezzo, rinfilai i fogli nella cartellina e la depositai sul pavimento.

"Che ti pare?" la interrogai.

"Mi piace."

"Tutto qui?"

"No. Non tutto qui. È affascinante la figura di Sofia: una donna dolce, che sa soffrire... Almeno da quello che mi hai letto... Leone, invece..."

"Ti sta antipatico..."

"No, per niente. Lui è un egoista, evidentemente, e insieme un debole..."

"Dilaniato fra l'amore per un'altra donna e l'amore per la moglie e i figli..."

"Sì, ma non solo, secondo me: si vede che è un uomo sperduto, che annaspa..."

"Insomma: un personaggio negativo."

"No, non negativo. Un uomo in grande difficoltà con se stesso."

La stanza cominciava a essere invasa dall'ombra.

Avevo un disperato bisogno d'abbracciarla, carezzarle i capelli, baciarla sulle labbra.

Mentre mi accingevo a chiederle di farmi un po' di posto, lei ruotò le gambe, si sollevò con fatica, e disse: "Io scendo da mia madre e riporto i bambini su."

Risalirono dopo un'ora.

Alle nove finimmo di cenare.

Alle dieci si addormentò davanti alla televisione.

Era un venerdì. Il sabato Paolo e Guido uscivano alle dodici e trenta. All'una, dal Raccordo Anulare, prendevamo la via Tiburtina che conduce a Tivoli e a Villa Adriana.

In una borsa di tela avevamo un pacchetto di biscotti, quattro panini con il prosciutto e il formaggio preparati a casa, due tavolette di cioccolato, arance e mandarini.

"Io ho fame," si lamentò Paolo. "Dobbiamo per forza mangiare quando saremo lì?"

"No," disse Carla. "Se vuoi, il tuo panino te lo do subito."

"Anch'io lo voglio," si aggiunse Guido.

"La sete, però," tirò fuori il pacchetto dalla borsa, "ve la dovete tenere."

"Non ci potremmo fermare solo un momento in un bar?" sempre Paolo suggerì.

"No," troncò il discorso. "Piuttosto, volete che vi racconti chi era Adriano?"

"Ce lo racconti dentro la villa," masticando rispose Guido.

"Va bene," sorrise, guardando avanti.

Dalla periferia a Villa Adriana si impiega poco, se non c'è traffico.

Quel giorno, la Tiburtina era abbastanza libera. Infatti, non erano le due quando, parcheggiata la macchina e percorso il lungo viale d'ingresso fra gli ulivi, entrammo nel recinto delle rovine.

"Allora," Carla esordì, fermandosi all'angolo della grande peschiera, vasta come un campo di calcio. "L'imperatore Adriano, di origine spagnola, visse nel secondo secolo dopo Cristo. Era un uomo che, da giovane, aveva partecipato a molte spedizioni militari, ma la guerra non gli piaceva. Invece, essendo curioso e colto, amava fare dei viaggi, visitare le province dell'impero, che, come sapete, era immenso e comprendeva tutta l'Europa fino all'Inghilterra, l'Africa del Nord, il Medio Oriente: praticamente, quasi tutto il mondo conosciuto... Ad ogni modo: lui partiva per questi viaggi che duravano anni, e le cose che vedeva e destavano la sua ammirazione volle che fossero ricostruite identiche in questa villa, nella quale viveva quando non era in giro. Per esempio, il muro che abbiamo alle spalle, è quello che resta di un famoso portico di Atene, e il Canopo, che vedremo fra un po', si chiama così perché riproduce un canale del fiume Nilo che congiungeva la città di Alessandria alla cittadina di Canopo..."

"Veramente?" disse Paolo.

"Sì."
"Dai, andiamoci."
"Con calma. Prima dobbiamo vedere il Teatro Marittimo, le Terme..."
Ci muovemmo.
Oltre a noi, non c'era quasi nessuno: turisti stranieri che leggevano la guida, qualche giovane coppia con la macchina fotografica.
"Potevamo portare anche noi la macchina fotografica," disse Guido, sull'isoletta al centro del Teatro Marittimo.
"È vero," passai il ponticello. "Non ci abbiamo pensato... La prossima volta."
"Dobbiamo ricordarcelo."
"Sì, ce lo dobbiamo ricordare."
Il cielo si stava coprendo, intanto.
Al Canopo l'acqua della lunga vasca rettangolare era torbida come l'acqua del Nilo; il verde degli ulivi, il rosso-mattone degli edifici ritrovavano la luce invernale che fissa il tempo.
Ci sedemmo su un muretto basso dal quale potevamo seguire i movimenti di Paolo e Guido.
"A che pensi?" dissi dopo un po'.
"Penso che Villa Adriana è sempre stupenda. In ogni stagione," disse lentamente.
"È vero."
"È un luogo magico..."
Un paio d'ore più tardi lasciammo i bambini a giocare dalla nonna, e salimmo a casa.
"Tu, adesso," le chiesi, "che programmi hai?"
"Io," disse, "mi metterei sul letto a leggere il giornale."
"Io correggo un articolo e lo ribatto."
Trascorsero una trentina di minuti. L'articolo era corretto. Ma non avevo alcuna voglia di ribatterlo. Dunque,

posai i fogli sulla macchina da scrivere e mi sdraiai al suo fianco.

"Hai corretto?" domandò.

"Sì," dissi.

"E non lo ribatti?"

"No. Sono stanco."

"Vuoi dormire?"

"No."

"E che vuoi fare?"

"Quello che vuoi tu."

Lei non aveva molto da togliersi.

Quando non ebbe più niente addosso, scostò il plaid e lo fece cadere sul tappetino, e si coprì gli occhi con l'avambraccio.

Mi tremavano le mani.

Tuttavia, appena fui nudo pure io, cominciai a carezzarle i seni, i fianchi, il ventre. Poi, siccome continuava a coprirsi gli occhi con l'avambraccio, glielo scostai e le sfiorai le labbra con un bacio dal quale si distaccò velocemente; le baciai i seni e il ventre; affondai il viso nel grembo; sentii, dalla punta delle dita dure sulla fronte, che era impaziente, non voleva quello: voleva che la prendessi e basta; quindi, di scatto, ritirai il viso e mi spostai dalla mia parte.

Passarono lunghi secondi.

"Non hai voglia di fare l'amore con me?" finalmente disse.

"Sei tu," replicai con un sorriso amaro, "che non hai voglia di fare l'amore con me."

"Ti sbagli."

"Se mi sbaglio, perché mi respingi?"

"Io non ti respingo."

"Può darsi... Comunque, non importa."

Era scesa dal letto.
"Ora che fai?" dissi.
"Mi rivesto," disse secca, prendendo dalla sedia camicetta e golf.
Così, la giornata invernale nella quale avevamo pensato di concederci una vacanza in quel modo naufragò.

Scrivevo sospinto da una urgenza sconosciuta. Leone e Sandra vivevano da un anno e mezzo nell'appartamento di via dei Villini, come marito e moglie. Ma non erano felici. Leone era oppresso dal senso di colpa nei confronti di Sofia e dei figli; Sandra, pur non osando confessarlo, avrebbe voluto un bambino. Così, benché facessero molto spesso l'amore, con la medesima passione che fin dal primo momento li aveva avvinti, non riuscivano a darsi l'uno all'altra interamente. E passavano i giorni, le settimane: velocemente. Tutti i giovedì Leone aspettava Luca, Livia e Matteo all'uscita dalla scuola e li portava al ristorante e dopo, se non pioveva, a Villa Borghese; si informava di quello che succedeva in casa; rispondeva alle domande, talvolta imprevedibili, che gli poneva Matteo: per esempio, sulla resurrezione della carne, sull'inferno e sul paradiso; li riaccompagnava in via Panama. Poi, la scuola era finita; Sandra era con i suoi genitori in montagna; Sofia aveva preso in affitto una casa ad Anzio; Leone non si muoveva da Roma. Finché, una domenica, aveva attraversato la città deserta, imboccato la Pontina, svoltato al bivio di Aprilia, e si era presentato sulla spiaggia. Luca stava in riva al mare:

alzando gli occhi, aveva avuto un soprassalto; quindi, gli era corso incontro. Era mezzogiorno. Alle tre, Livia giocava con una amica sotto il suo ombrellone; Matteo e Luca pescavano agli scoglietti; Sofia e Leone erano rimasti soli. "Come stai?" le aveva chiesto Leone, mentre dal mare venivano i primi soffi del ponente. "Io, bene," aveva mormorato. "E tu?" "Io pure," aveva mentito. Due mesi più tardi, Sofia aveva detto a Leone che, non volendo più vivere in via Panama, aveva deciso di trasferirsi in un appartamento di viale Bruno Buozzi, non caro, composto da due stanze, un salotto-soggiorno, la cucina e il bagno. Dunque, c'era stato il trasloco. Era ricominciata la scuola. Un pomeriggio, con Luca, s'era svolto il colloquio seguente. Scendevano per la Valletta dei Cani. Il cielo era grigio; gli alberi già stavano ingiallendo. "Tu, Luca," gli aveva chiesto Leone a un tratto, "che vuoi fare da grande?" "Prima," Luca aveva risposto, "volevo fare l'ingegnere come te. Adesso ho deciso che farò lo scrittore." "E scrittore di che? Scrittore d'avventure?" Leone aveva suggerito. "No, non d'avventure. Di cose normali," aveva spiegato tranquillo. "Di cose normali?" Leone aveva ripetuto incredulo. "Sì," aveva sorriso. "Di cose normali."

Erano gli ultimi di febbraio. All'inizio di marzo, la bassa pressione che per buona parte del mese precedente si era installata sul Mediterraneo e sull'Italia in particolare, impedendo a Carla di giocare a tennis, si spostò sul Nordeuropa; nei giardini di via Barnaba Oriani, i peschi, i susini, i mandorli si ricoprirono di fiori bianchi e rosa; l'aria si ammorbidì; sui viali di Villa Borghese sfrecciarono di nuovo le biciclette.

Io, attorno all'una, avvitavo la penna stilografica, chiudevo la cartellina di cartone duro e per qualche minuto rimanevo immobile, lasciando che le parole scivolassero via;

se non era il mio turno alla scuola, stendevo la tovaglia e mettevo i bicchieri, le posate e i piatti; mi affacciavo alla finestra; aiutavo a sparecchiare; bevevo un caffè da Hungaria; camminavo un'ora dal Parco dei Daini a piazza di Siena, alla Valletta dei Cani, risalendo su per via Aldrovandi; finivo un articolo; leggevo; dopo cena, sul divano, pensavo: è innamorata di un altro e non ha il coraggio di dirmelo; spiavo il suo profilo, provando a immaginare chi potesse essere quest'altro, e avevo quasi un mancamento; in silenzio, mi dicevo che non era vero; me ne andavo a dormire.

Una sera – dopo aver bevuto tre whisky sul divano – mentre cominciava a spogliarsi, uscii dalle lenzuola, la strinsi da dietro, accostai il viso al suo e dissi: "Lo sai che stai diventando ogni giorno più bella?"

"Ma che ti viene in mente?" sorrise appena. "Io mi vedo sempre uguale."

"No," le baciai una tempia. "Sei sempre più bella. Non te lo dicono i tuoi amanti?"

"Io non ho amanti."

"I tuoi corteggiatori."

"No, non me lo dicono," tentò di divincolarsi. "Su, fammi levare questa gonna."

"Te la levo io," le aprii la cerniera lampo.

"No, smettila..."

"Perché?"

"Perché hai bevuto."

"Due whisky."

"Tre..."

"Va bene, tre," le infilai le mani nei collant. "Che cambia?"

"Niente, lasciami," di nuovo tentò di divincolarsi.

Allora tolsi di scatto le mani, arretrai d'un passo e mi sedetti sul letto.

"Ti rendi conto di come mi tratti?" scossi la testa.
"Perché ti ho detto che hai bevuto?"
"No."
"E per cosa?"
"Perché mi tieni a distanza."
"Ti tengo a distanza?"
S'era appoggiata al comò.
"Tu, Carla," dissi, "hai alzato un muro fra me e te."
"Non è vero."
"Invece è vero. Tu hai i tuoi interessi, il tuo mondo, le persone che incontri, e io sono l'elemento di disturbo che deve stare alla larga, sennò ti infastidisci... Non te ne accorgi che appena mi avvicino ti infastidisci?"
Passarono parecchi secondi.
"Io, forse, non sono stata gentile," finalmente disse. "E mi dispiace. Però tu stai commettendo un grosso errore."
"Quale sarebbe questo grosso errore?"
"Quello di sentirti escluso. Io non ti escludo da nulla, Ernesto. E non sono la tua nemica."
M'era venuto freddo.
"Sei diventato muto?" mormorò.
"No. Ho freddo."
"Vai sotto le coperte."
"Sì," sorrisi. "È meglio..."
"Che significa: è meglio?" si staccò dal comò e mi venne accanto.
"Che è meglio," feci per alzarmi.
Ma Carla me lo impedì; si sbottonò il pullover e la camicetta; si sganciò il reggipetto; si calò la gonna, già lenta, sui fianchi, e il resto; mi circondò il collo con entrambe le braccia, e disse: "Ti peso?"
"No," scossi il viso.
Avevo un seno schiacciato sulla faccia.

"Ohi!" esclamò. "Piano!"
"Che c'è?" farfugliai. "Non posso?"
"Sì. Purché non mi fai male."
"Perché dovrei farti male?"
"Non lo so... Certe volte sei violento..."
"Addirittura violento?"
"Sì, violento..." trattenne il respiro, mentre con una mossa brusca la spostavo di lato.

Cedetti al sonno molto tardi.

Alle nove e mezzo del mattino seguente, ripensando alla lotta che aveva fatto con se stessa per non negarsi; ai gesti contratti, privi di qualunque affetto, con i quali aveva risposto alla prepotenza dei miei; al momento in cui, senza una parola, avevamo spento i lumetti sul comodino, ebbi la certezza, covata nelle ore di veglia, che non sarebbe stata più mia moglie.

"Tu," dissi a voce alta, aprendo la penna stilografica, "oggi hai il tennis?"

"Sì," disse dalla cucina. "E mi lavo al circolo."

"Come mai?"

"Per risparmiare tempo."

"Perché?" mi mossi dalla scrivania. "Dopo che devi fare?"

"Dopo, abbiamo una riunione da Alleva per una serie di questioni burocratiche e per le date degli esami."

"A che ora?"

"A mezzogiorno."

Stava sciacquando le tazze della colazione, le nostre due tazzine del caffè, il pentolino del latte.

"Ecco," chiuse il rubinetto. "Adesso mi vesto e preparo la sacca."

Alle dieci era pronta.

"Ciao, Ernesto," disse. "Io vado."
"Buon tennis," dissi.
"Grazie."
Avevo di fronte un foglio bianco.
All'una meno un quarto, con cinque righe piene di cancellature, lo rinfilai nella cartellina.
All'una, il telefono squillò.
"Senti," disse, "qua ne abbiamo ancora per parecchio."
"Quindi?"
"Dovresti prendere tu i bambini a scuola e fargli una pasta e gli hamburger che trovi in frigorifero."
"Perché, non vieni a pranzo?"
"Veramente, visto che ci sono, pensavo di fermarmi in biblioteca."
"Ho capito."
Tornò alle quattro passate.
"Come è andata?" sorrise.
"Benissimo."
"Hanno voluto anche gli hamburger?"
"Paolo. Guido, no."
"Lo mangerà stasera."
Ero stremato.
"Tu che fai, ti riposi?" domandai.
"No," rispose. "Disfo la sacca del tennis e mi preparo un tè con due fette di pane e burro."
"Io porto un pezzo al giornale."
"Non vuoi una tazza di tè?"
"No, non mi va il tè. Piuttosto, ti serve qualcosa?"
"No... Non direi."
Attraversai tutta Villa Borghese; in via del Tritone consegnai l'articolo al responsabile della pagina culturale e chiesi di poter recensire due romanzi americani di cui avevo ricevuto la copia staffetta; risalii per via Veneto; dalla

Galleria Borghese mi avviai verso la Valletta dei Cani; mentre il sole stava per sparire dietro i tetti delle palazzine di via Barnaba Oriani, depositai il mazzo delle chiavi sul tavolino dell'ingresso; aprii il terzo cassetto del comò; mi cambiai la camicia intrisa di sudore; entrai dai bambini.

C'erano solo lei e Guido.

"Paolo?"

"È giù da mamma," si assestò il libro sulle ginocchia. "Noi, invece, stavamo ripetendo l'episodio di Nausicaa... Forza: ridiglielo a papà."

"Un'altra volta?" Guido protestò.

"Sì, dai."

"Allora," si concentrò, "Ulisse è approdato all'isola dei Feaci dopo una terribile tempesta e si è addormentato sulla spiaggia. È tutto nudo e incrostato di salsedine. Per cui, quando si sveglia e sbuca dai cespugli coprendosi con un ramo, le ancelle di Nausicaa che avevano fatto il bagno e giocato a palla scappano terrorizzate, e rimangono Ulisse e Nausicaa; Ulisse le dice che non sa se lei è una dea o un essere mortale e che non ha mai visto una ragazza così bella..."

"E a che la paragona?"

"A una giovane palma."

"Bravo!" gli carezzai i capelli.

"No, ma lui se legge con attenzione, le cose se le ricorda," Carla sollevò il viso. "Su, continua..."

"Nausicaa," Guido proseguì, "ascolta Ulisse che le racconta della tempesta e che ha molto sofferto; si convince che lui non è un pazzo; gli spiega che quella è l'isola dei Feaci e lei è la figlia del re; richiama le ancelle fuggite e ordina di portare delle nuove vesti e del cibo; Ulisse si scrosta la salsedine, indossa di nuovo le vesti, si unge e diventa bello, facendo innamorare Nausicaa... Poi lei gli dice che devono essere prudenti per evitare le malignità della gente che la vede insieme a uno straniero, e che quando arriveranno alle mura della città dovrà nascondersi in un boschetto e aspettare un po' che loro raggiungano la reggia, prima di chiedere a chi incontra dov'è la reggia; frusta le mule e partono..."

"Bravissimo!" gli carezzai di nuovo i capelli.

"Sì, però ora posso andare da nonna?"

"Vai," Carla infilò il libro nello zaino.

Cominciava a imbrunire.

Alle otto, scrosciò l'acqua nella vasca.

"Per favore," si raccomandò, "non fate un lago. E asciugatevi perfettamente i capelli."

Dopodiché si sedette in poltrona.

"Dammi pure a me un dito di vino," disse.

Glielo versai e mi sedetti sulla poltrona dirimpetto.

La tavola era già apparecchiata; nell'aria galleggiava il profumo delle mele al forno.

"Ti piace questo vino?" domandai.

"Sì," annuì.

"È un merlot. L'ho comprato sabato da Bulzoni."

"È buono," ingoiò un altro sorso.

Le era rimasta una minuscola traccia rossa all'angolo della bocca.

"Hai uno sbaffo," l'avvertii.

"Dove?" lo cercò con un dito.

"Più a destra. Lì..."

Dentro la vasca ridevano a crepapelle.

"Chissà che combinano," sospirò.

"Che vuoi che combinino?"

"Spengo il forno e butto un occhio."

Finii il bicchiere.

In fondo alla pianura si stagliava la sagoma severa del Circeo.

"Se domani, come dicono, c'è il sole," azzardai dopo un paio di chilometri, "inauguriamo la stagione a Sabaudia."

"Non è un po' presto?" Carla obiettò.

"È il cinque d'aprile."

Sapevo che la stavo trascinando. Ma non me ne importava. Avevamo il pomeriggio del venerdì, tutto il sabato e la domenica: praticamente, tre giorni. E io volevo fuggire da Roma.

"Giusto per fare una passeggiata in riva al mare," dissi. "Non ti piacerebbe?"

"Sì," disse, "mi piacerebbe."

Eravamo quasi all'incrocio con l'Appia.

"Noi," rifletté, "è da settembre che non veniamo."

"Dal penultimo week-end di settembre," precisai.

"Troveremo il gelo."

"È probabile."

"Dobbiamo accendere subito le stufe."

"E il camino."

Mancava poco alle tre.

Alle tre e mezzo, parcheggiai vicino al castagno.

Era coperto di foglioline verde tenero. L'erba spuntava ovunque.

Mi caricai la borsa, cercai la chiave nel mazzo e spalancai il portone.

Il fascio di luce che si allungava dalla soglia illuminava, al centro dell'ingresso, il tavolo tondo di vimini e le quattro poltroncine che d'estate tenevamo fuori. Sul tavolo, c'erano una pila di giornali, una maschera, un boccaglio, un tubetto di crema protettiva.

"Io," dissi, "vado su ad accendere in camera nostra e in bagno."

"Io," disse, "accendo sotto."

In camera, il letto era rimasto con le lenzuola usate nel penultimo week-end di settembre, la sopracoperta di pizzo. Spalancai la finestra e la persiana; dalla borsa estrassi una cartellina celeste morbida contenente le ultime pagine che avevo scritto, un maglione pesante, una camicia e la biancheria di ricambio e misi tutto in uno dei due cassetti dell'armadio; mi riaffacciai; chiusi i vetri; regolai le stufette al massimo; scesi al pianterreno.

Carla era in cortile.

"Io," dissi, "arriverei allo spaccio."

"A piedi o in macchina?" domandò.

"A piedi."

"E la spesa?"

"Non penso che sarà un gran peso."

"Non abbiamo niente."

"Nemmeno il caffè?"

"Basta per una macchinetta."

Scrutava le colline.

"Sai che facciamo?" disse. "Se tu vai a piedi, io ti vengo incontro con la macchina."

"D'accordo," approvai. "Facciamo così."

Dunque, in un quadernetto che trovammo in cucina buttammo giù una lista delle cose da comprare; oltrepassai il cancello e m'avviai di buon passo verso lo spaccio; comprai il pane, la pasta, il vino, la passata di pomodoro, il caffè, sei uova, un cespo di lattuga, una scatola di fiammiferi, il latte, che nel quadernetto era stato affiancato da un doppio punto esclamativo, un vasetto di marmellata di albicocche, un pacco di biscotti all'anice, una bottiglia di whisky; pagai; mi incamminai sulla via di casa.

Erano le cinque.

Alle cinque e due minuti, da una siepe di recinzione sbucò la macchina.

"Sono stata puntuale?" disse.

"Perfetta," sistemai i sacchetti di plastica sul sedile posteriore.

"Il latte te lo sei ricordato?"

"Sì."

Aveva un pullover, invece della giacca con la quale era andata all'università; i capelli pettinati con la frangia.

"Io," disse, "ho dato una spolverata qua e là e rifatto il letto, mettendo l'imbottita e due plaid."

"La stufa," abbassai il finestrino, "stava scaldando?"

"Piano piano."

Cenammo davanti al camino: spostando il tavolo tondo dall'ingresso.

"Vado a prendere l'insalata e le uova sode?" dissi, quando finimmo la pasta.

"Io," disse, "non ho più tanta fame."

"Allora sparecchio."

"Perché?"

"Perché anch'io non ho più tanta fame," posai il tovagliolo.

Poi raccolsi la terrina con la pasta avanzata e le scodelle; in cucina stappai un'altra bottiglia, e tornai in salotto.

"Vuoi?" dissi.

"No," mi fermò. "Ho già bevuto troppo. E a stomaco vuoto..."

Nel camino la fiamma languiva.

"Aggiungo altra legna?" proposi.

"Sì," disse, "aggiungi altra legna."

C'era un grande silenzio.

"Me l'ero dimenticato, questo silenzio," dissi, chinandomi a sistemare un ciocco.

"È vero," annuì. "Uno se lo dimentica."

Aveva le guance chiazzate, una mano premuta sotto il petto.

"Come va?" domandai.

"Bene," rispose.

"Io vedo che hai l'aria sofferente."

"No..."

"Sì," insistetti. "Hai l'aria sofferente. Vai a dormire."

"E tu?"

"Non ti preoccupare per me."

Era indecisa.

"Forza!" girai attorno al tavolo e l'aiutai ad alzarsi.

Quindi, le circondai le spalle con un braccio, salimmo le scale, la feci sedere sul letto.

"Che ti pare? È abbastanza caldo?" dissi, mentre le sfilavo i mocassini e i jeans.

"Sì," disse, "è caldo. Ora, però, bisogna spegnerla, la stufa..."

"Lo so."

"E giù, lo stesso. Lasciarle accese, le stufe, è pericoloso..."

Parlava con fatica, incespicando un po' nelle parole.

"La camicia da notte," dissi, togliendole il pullover, "è in bagno o nell'armadio?"

"Appesa nell'armadio," cominciò a sbottonarsi la camicetta.

La presi e, appena si sganciò il reggiseno, gliela infilai; aprii le lenzuola, l'imbottita e il plaid; ammucchiai i jeans, la camicetta, il reggiseno e i collant sulla sedia a sinistra della finestra; staccai la spina della stufa; mi riavvicinai al letto.

"Vado a spegnere in salotto, chiudo le persiane," dissi, "e risalgo."

"Aspetta," piegò leggermente la faccia.

"Che c'è?"

"Sono debole," si lamentò.

"Fammi sentire il polso."

Era lentissimo.

"Hai cinquanta battiti al minuto," dissi, trascorsi trenta secondi.

"Te l'ho detto che sono debole," mi guardò.

"Domani," la rassicurai, "starai benissimo."

"Io," disse piano, "voglio stare benissimo. Io ho una immensa voglia di stare bene... di vivere, ogni giorno, sempre... Tu non immagini, Ernesto," continuava a incespicare nelle parole, "che voglia di vivere ho io... Ho una voglia enorme; un desiderio talmente grande che, certe volte, ho paura di non poterlo contenere; di non farcela..."

"Che significa," inghiottii la saliva, "paura di non farcela?"

"Significa: paura di non farcela."

Aveva di nuovo piegato da una parte la faccia. Ma, dalla fronte, dalle guance, le chiazze rossastre erano sparite. E il respiro si stava quietando.

Fissandola, stetti immobile finché non fui certo che dormisse; accostai la porta; spensi le stufe; uscii nel buio del cortile.

Il mare, in assenza del vento, era piatto.
"Andiamo?" si mosse.
"Sì," la seguii.
Avevamo due teli. Insieme al pacco dei giornali, due panini al formaggio, una bottiglia d'acqua minerale, li depositammo all'interno d'una barca da pesca tirata in secco e ci avviammo in direzione del promontorio.
Non si vedeva anima viva.
"Siamo gli unici," disse, "ad aver avuto questa idea."
"Sembrerebbe," dissi.
La battigia era scoscesa e stretta.
"Torniamo?" rallentò dopo un quarto d'ora.
"Perché?"
"Si cammina male."
Quindi, tornammo alla barca da pesca; coi teli preparammo un giaciglio; ci sdraiammo.
Il sole scottava.
"Sembra estate," dissi.
"Hai ragione," confermò.
"Se li avessimo portati, potevamo metterci in costume."
"Hai ragione. Tu, però, puoi sempre toglierti camicia e pantaloni."
"Perché, tu no?"
Trascorsero alcuni minuti.
Avevo appeso la camicia a uno scalmo. I pantaloni piegati mi facevano da cuscino.
"Credimi, si sta da Dio," dissi, mentre un aereo spariva nell'azzurro.
"E se viene qualcuno?" si tirò su.
"Non siamo mica indecenti."
"Secondo te, io in mutande e reggiseno non sono indecente?"

"Assolutamente no."
"Non sono tanto sicura," sfilandosi la maglietta nera con le maniche lunghe, disse fra sé e sé.
Poi controllò che non ci fosse nessuno; si levò i jeans; chiuse gli occhi.
"Dimmi se non si sta da Dio," dissi.
"Sì," ammise.
Da ponente, cominciava a soffiare un leggero vento. Le carezzava i lineamenti del viso rigenerati dal sonno, le braccia allungate sul telo, il petto, le gambe mollemente dischiuse, il ventre.
"Ti avverto che non siamo più soli," annunciai a un tratto.
"Chi c'è?" sobbalzò.
"Una famiglia di gabbiani."
"Dove?"
"Là."
Ruotavano, ad ali tese, attorno a una prateria fluttuante di alghe. Ogni tanto, uno alla volta, scendevano in picchiata a catturare un pesce, o si posavano sulla superficie del mare.
Era mezzogiorno.
All'una, avevamo mangiato i panini, bevuto l'acqua minerale, letto i giornali.
"Che vogliamo fare?" le chiesi.
"Decidi tu," accennò a stirarsi.
Poco dopo ci rivestimmo; raccogliemmo i teli, i giornali spiegazzati, la bottiglia dell'acqua minerale; montammo in macchina.
La litoranea era deserta. Anche il centro di Sabaudia era deserto. Anche le strade che tagliano la Bonifica erano deserte.
"Io," disse, mentre accendevo la stufa del salotto, "mi riposerei un'ora."
"Vai," dissi.

Aveva già fatto tre gradini.
"Perché non mi accompagni?" si voltò.
Ci spogliammo uno da un lato, una dall'altro lato del letto, ed entrammo sotto le coperte.
"Che dici, un po' mi sono colorita?" s'avvicinò.
"Altroché," mi girai, come lei, su un fianco.
"Perché il sole," disse con un brivido, "era forte."
"Picchiava," dissi, col medesimo brivido provocato dalle lenzuola non proprio tiepide sulla pelle.
"Sì, picchiava," trasse un respiro profondo, col quale il tremore si placò. "Ed era molto bella, Sabaudia, senza nessuno."
Ci separavano pochi centimetri.
"Tu mi ami, Carla?" l'abbracciai.
Col capo, fece cenno di sì.
"Quanto?"
"Sei la persona che amo di più al mondo," rispose con una voce che non avevo mai udito.

"Molto in sintesi," dissi la domenica mattina sulla Via dei Laghi, "quello che succede è questo: la storia con Sandra si esaurisce, e Leone va ad abitare nell'appartamento di via Panama in cui sono rimasti pochi mobili e qualche letto; la campagna di Ninfa è stata venduta; passa un anno; viene l'estate; di nuovo, Leone va a trovare Sofia e i figli al mare: questa volta non ad Anzio, bensì a Sabaudia, e si trattiene circa una settimana; poi, un giorno, quando i bambini sono in spiaggia, i due fanno l'amore..."

"Senza essersi detti niente?" Carla domandò.

"Quasi... Comunque: Leone riparte per Roma, e una sera d'agosto la vede sotto al portone che lo sta aspettando, e una seconda volta fanno l'amore..."

"Sempre senza dirsi niente?"

"No, dicendo entrambi di aver avuto una gran nostalgia..."

"Quindi, rappacificandosi?"

"Non proprio."

"Perché?"

"Perché Sofia nutre una sorda resistenza, che nasce dal dolore di quegli anni, ad arrendersi interamente a Leone;

tanto è vero che, nei mesi successivi, si svolge una specie di lotta fra due volontà: quella di lei, che non riesce a cancellare il dolore, e soprattutto si rifiuta di tornare nella casa in cui ha sofferto, e quella di lui che invece vorrebbe ricominciare da capo in via Panama."

"Ho capito. E chi vince?"

"Ancora non lo so."

"Vuoi che te lo dico io?"

"Avanti."

"Penso che vincerà Leone: andranno ad abitare in via Panama."

"E a quel punto il romanzo è concluso?"

"Direi di sì. Del resto, cos'altro può capitare in una vicenda come questa?" aggiunse, mentre la strada si inoltrava nel bosco folto di querce, pioppi e castagni che scende verso il lago di Nemi.

Capitolo III

Spesso, quasi ogni notte, nel cuore della notte, le carezzavo un fianco, o una gamba, o la fronte, e le dicevo: "Dormi bene, amore." Poi, alle otto, le portavo la colazione a letto; leggevo i giornali; entravo nello studio; guardavo gli alberi di viale Liegi; svitavo il cappuccio della penna stilografica.

La casa non sembrava più vuota, o troppo grande – come, di colpo, ci era apparsa rientrando dal ricevimento per il matrimonio di Guido al Circolo del Ministero degli Esteri, quando c'eravamo lasciati cadere sul divano. La camera di Paolo era diventata la stanza pronta ad accogliere sua figlia Elisa; quella di Guido – la mia da ragazzo – era la stanza in cui, qualche volta, dormiva suo figlio Alessandro; gli armadi continuavano a traboccare di vestiti, coperte, lenzuola, asciugamani, teli da bagno, scatole, sciarpe, cappelli, pullover; sia all'una, che a cena, escluse rare eccezioni, mangiavamo in sala da pranzo; alle due, se non pioveva, arrivavamo al Parco dei Daini e, al ritorno, lasciavamo le porte aperte: io, quella dello studio, lei, se si stendeva col plaid, quella della camera da letto; attorno alle sette, la raggiungevo in salotto.

Era l'ora dedicata a trattenere la giornata che stava finendo: nel buio dell'autunno e dell'inverno; nei crepuscoli eterni di maggio e giugno. Carla sollevava il viso dal libro o dal ricamo; seguiva le mie brevi peregrinazioni fra la libreria e la finestra, la finestra e il camino, finché non decidevo di sedermi sulla poltrona dirimpetto alla sua o sul divano; chiudeva il libro o appuntava l'ago se era alle prese con l'immensa tovaglia bianca; mi mostrava la corolla di un fiorellino; sorrideva, divertita da quel piccolo capolavoro. Io mi massaggiavo gli occhi; aprivo il giornale per vedere se in televisione ci fosse qualche film; in cucina, versavo dalla bottiglia due bicchieri di vino che bevevamo lentamente; mi riaccostavo alla finestra; le proponevo un secondo bicchiere di vino, che di solito rifiutava; lo bevevo da solo.

Una sera, ero ancora dietro la scrivania.

Lei aveva appena parlato al telefono con Cristina.

"Vengono o non vengono?" dissi a voce alta.

"Non lo sanno," rispose anche lei a voce alta.

"Perché?"

"Perché forse Guido ha una riunione di sceneggiatura."

"Di domenica?"

"Così pare."

Avevo iniziato, da un paio di mesi, un nuovo romanzo ambientato a Roma, il cui protagonista era Luca Bellentani, il figlio diventato adulto di Leone e Sofia: la donna tenace colpita, nel finale dello *Sguardo del Cacciatore*, dal suo prematuro destino, che immaginavo avrebbe dovuto allargarsi alle storie di varie altre famiglie romane – alcune già presenti in miei precedenti romanzi. Rilessi l'ultima frase scritta a mezzogiorno, cambiai un aggettivo, riavvitai la penna, e mi sedetti all'angolo del divano vicino alla sua poltrona.

"Se non vengono," proposi, "potremmo andare a Sermoneta."

"Le previsioni," s'aggiustò sulle ginocchia la tovaglia, "come sono?"

"Buone."

"Però dobbiamo avvisare Fausta che accenda."

"Naturalmente."

"Da giovedì."

Fuori, soffiava la tramontana che ci aveva costretti a rinunciare al Parco dei Daini: fischiava attraverso i rami nudi dei platani; faceva tremare i vetri, sbattere una imposta del piano sotto al nostro.

"Sentilo!" Carla mormorò.

"Sì," annuii, "è un ventaccio."

"Speriamo che Marta non mandi a scuola Elisa."

"Diglielo."

Stava fissando l'ago nel cuscinetto puntaspilli.

"Per oggi, basta," decretò.

"Lo credo," commentai.

"Perché?"

"Son tre ore che traffichi con quei fili."

"E a te che fastidio ti do?"

"Nessuno."

"Allora? Vorresti che diventassi una di quelle mogli che perseguitano i loro mariti e gli chiedono continuamente: che vuoi fare, che facciamo?"

"Sì, mi piacerebbe."

"Bada che ti prendo in parola..."

Si era tolta gli occhiali.

"Sai una cosa?" disse, affondando le pupille nella semioscurità.

"Cosa?"

"Io non cambierei questo periodo della mia vita con un altro."

"Nemmeno io."

"Penso che è un momento bello."
"Molto."
Aveva il busto eretto, leggermente proteso in avanti; le labbra dischiuse nella medesima espressione con la quale, scendendo dalla macchina sulla piazzola di sosta, s'affidava al respiro del mare.
"Noi, di momenti belli, ne abbiamo avuti tanti, anzi: tantissimi," disse, sempre scrutando nella semioscurità. "Ma questo è diverso. È più ricco."
"Sì, è più ricco," dissi piano, arginando un sentimento sconosciuto in cui si confondevano tenerezza e apprensione, e una nostalgia lancinante. Dopodiché m'alzai; le tesi le mani, perché anche lei – liberandosi della tovaglia, che scivolò in terra – si alzasse; la circondai con le braccia.
Eravamo immobili.
"Tu, Ernesto," disse, "sei felice?"
"Sì," dissi. "Sono felice."
Poi ci baciammo: lungamente, come quando avevamo vent'anni; tenendoci stretti, uscimmo dal salotto; in camera da letto, ci spogliammo e facemmo l'amore.

Era un martedì: il primo martedì di febbraio. Il mercoledì pomeriggio, chiedemmo a Fausta di accendere, dall'indomani, i termosifoni. Il giovedì, alle tre, Guido chiamò sul mio cellulare e mi comunicò che, essendo stata confermata la riunione di sceneggiatura, non sarebbero potuti venire a pranzo.
Percorrevo il viale che dalla terrazza del Pincio conduce a piazza di Siena. Superai piazza di Siena; svoltai a destra e attraversai il Parco dei Daini; all'albergo Parco dei Principi, tagliai verso viale Liegi. Il cielo brillava: limpido, già primaverile. L'aria, invece, nonostante la tramontana fosse ormai scomparsa, conservava un fondo freddo.
Carla leggeva sul letto il *Corriere della Sera*.

“Poco fa,” dissi, “ho parlato con Guido.”
“Ah!” abbassò il giornale. “Dimmi che ha detto.”
“Che la riunione di sceneggiatura è confermata e domenica non vengono. Però,” proseguii, “io, comunque, penso che a Sermoneta è meglio che non andiamo.”
“Per quale motivo?”
“Per la tua tosse.”
“Cosa vuoi che sia un po’ di tosse?”
Erano le tre e mezzo.
Alle cinque mi riaffacciai.
“Come va?” la scrutai.
“Insomma,” accennò un sorriso.
“Il termometro dov’è?” le toccai la fronte.
“Nel mobiletto del bagno.”
La colonnina del mercurio segnava trentotto.
“Telefoniamo a Paolo?” dissi.
“Assolutamente no!” esclamò. “Piuttosto, credo che non ci sia più l’Aspirina.”
“Sì, l’ho cercata e non c’è.”
Quindi, mi infilai il cappotto; arrivai alla farmacia di viale Rossini; comprai una confezione di Aspirina e uno sciroppo; risalii.
Durante la mia assenza, s’era messa sotto le coperte.
“Con questa, cala subito,” disse, dopo aver ingoiato la pasticca.
“Sì,” dissi. “Un paio d’ore, e ti cala.”
Aveva abbandonato la testa sul cuscino.
“Mi dispiace che dobbiamo rinunciare a Sermoneta,” mormorò.
“Ci andiamo il prossimo week-end,” la consolai.
“Magari, insieme ai ragazzi...”
“Se non hanno impegni di lavoro.”
“Se hanno impegni di lavoro, ci facciamo dare i bam-

bini... Che tipi, quei due! Alessandro, adesso, comincia a ricordare Guido piccolo."

"Sì, decisamente."

"Elisa, invece, non si capisce a chi assomiglia."

"A te."

"Solo per gli occhi..."

"Non solo."

"Trovi sul serio?"

"Sì."

"A me non sembra."

"Falla crescere."

In viale Liegi correva un'autoambulanza.

"Guido," domandò quando il suono si spense, "che altro ti ha detto?"

"Nulla di particolare."

"È così irrequieto..."

"Allora?"

"Mi preoccupa... Anche con Cristina..."

"Perché, sai qualcosa?"

"No."

"Io vedo che si vogliono bene."

"Che si vogliono bene," tossì, "lo vedo anch'io. Però, lui deve stare attento."

"Che vuol dire?"

"Che deve stare attento."

In salotto la pendola batteva le sei.

"Cosa posso fare per te, Carla?" domandai.

"Vorrei un bicchiere d'acqua fresca," rifletté.

"Del frigorifero o del rubinetto?"

"Del rubinetto."

Lo bevve lentamente, a piccoli sorsi; mi restituì il bicchiere; riadagiandosi, si voltò su un fianco.

"Voglio provare a dormire," disse.

"Poi non dormi stanotte," l'avvertii.
"Intanto dormo adesso."
Tornai nello studio.
Mi mancava poco per chiudere un articolo su *La famiglia Moskat*, il romanzo di Singer. Lo finii; controllai dei nomi; in punta di piedi m'avvicinai al letto.
La pendola stava battendo le sei e tre quarti.
Alle sette, Carla aprì gli occhi.
"Sei qui?" disse.
"Sì," annuii.
"Indovina che ho sognato?"
"Che hai sognato?"
"Che eravamo nel giardino di via Barnaba Oriani, non ancora sposati, in una bella giornata d'aprile, o di maggio... e, a un certo punto, tu mi dicevi che saresti partito, e per un anno non ci saremmo visti..."
"E tu come reagivi?"
"Ti dicevo: un anno è tantissimo. Però, in fondo al cuore, non ero affatto convinta che tu saresti partito, che non ci saremmo visti per un anno. Quindi, mi mettevo a innaffiare le piante, mentre tu non ti muovevi dalla sdraio; raccoglievo un mazzo di iris e li sollevavo per farteli vedere da lontano; pulivo le aiole dalle erbacce; ti chiedevo di aiutarmi; tu venivi... e di colpo è sparito tutto..."
"E ti sei svegliata?"
"Sì."
Trascorsero alcuni secondi.
"È un sogno stupendo," dissi.
"Vero?"
S'era girata sulla schiena.
"Non è che ho sudato molto," disse, fissando il soffitto.
"Vuoi rimisurarti la febbre?" allungai una mano verso il termometro.

“No. Devo andare in bagno,” scostò le coperte e vacillando leggermente uscì dalla stanza.

Quando rientrò, i capelli erano ravviati all’indietro; sulla camicia da notte indossava la vestaglia.

“Che ci fai,” la interrogai, “con la vestaglia?”

“Pensavo di preparare qualcosa per cena,” rispose.

“Mi pare una gran stupidaggine.”

“Perché?”

“Perché hai la febbre, non ti reggi in piedi.”

“Ti sbagli,” protestò. “Io in piedi mi reggo benissimo, te lo assicuro.”

Aveva appena pronunciato queste ultime parole, che una serie interminabile di colpi di tosse le scosse il petto.

Paolo la visitò la sera seguente. Le misurò la pressione; la auscultò a lungo; le toccò l’addome; disse di sostituire l’Aspirina con la Tachipirina e, se la febbre non fosse diminuita, di prendere come antibiotico l’Augmentin; si raccomandò che bevesse molto; rimase una decina di minuti a chiacchierare, baciò sua madre e se ne andò.

La farmacia di viale Rossini era chiusa da mezz’ora. In quella notturna di via Bertoloni, aspettai il mio turno. Da Hungaria, veloce, mi feci riempire un contenitore medio di gelato al cioccolato e al limone. Depositai il gelato nel freezer e il sacchetto della farmacia sul comodino. Mi tolsi il cappotto. Accesi il fuoco sotto il pentolino del brodo vegetale; grattai il parmigiano; sistemai la scodella, la salvietta e le posate sul vassoio; calai la pastina; versai la minestra nella scodella; stando attento che non debordasse, le consegnai il vassoio e, ai due che la sorreggevano, aggiunsi un altro cuscino.

Cominciò a mangiare.

“Sei arrabbiato con me?” dopo quattro o cinque cucchiai si fermò.

"Sì," dissi.
"Perché?"
"Perché certe volte non ti capisco."
"Che ho fatto?"
"Se non insistevo per chiamare Paolo, avresti continuato a prendere l'Aspirina. E questo lo fai sempre. Con le conseguenze che sappiamo."
"Quali?"
"Che per riprenderti da delle sciocchezze ci metti un secolo."
"Un secolo!" esclamò.
Aveva spostato il vassoio di lato.
"Non ti va più?" dissi.
"No," corrugò la fronte.
"Il gelato?"
"Sì, il gelato mi va."
Attaccò dal limone.
"Com'è?" domandai.
"Buono. Rinfrescante."
"Prova il cioccolato."
"Piano..."
Si udiva un aereo, in alto.
"Non essere arrabbiato con me," disse, mentre dal sacchetto della farmacia tiravo fuori l'Augmentin e la Tachipirina.
"Invece, lo sono," ribadii.
"Dai, smettila!"
"Io la smetto, ma tu ti trascuri."
"E tu esageri," assaggiò il cioccolato.
Poi tossì, si schiarì la gola, inghiottì la saliva, e disse: "Non mi trattare male, Ernesto."
"Figurati se voglio trattarti male," replicai.
"Allora, non startene su quella sedia..."

Guarì, grazie all'Augmentin, in tre giorni. La mattina del quarto, riempì la vasca, fece un lungo bagno con la schiuma e si lavò i capelli; si vestì; entrò nel mio studio e disse: "Guardami: sono da buttare o un minimo decente?"

"Da buttare," scherzai.

"Su, seriamente: come sto dopo il restauro?"

"Benissimo."

"Benissimo, mi pare eccessivo. Davanti allo specchio, prima di truccarmi, sembravo un fantasma."

S'era allontanata dalla scrivania.

Le andai vicino.

"Hai avuto un bel febbrone, Carla," dissi.

"E soprattutto quella maledetta tosse."

"Che è passata, però."

Il cielo era grigio, e compatto.

"Fa freddo," chiese, "fuori?"

"Abbastanza."

"Del resto, siamo in febbraio."

M'aveva poggiato la testa sulla spalla.

"Io," disse, "non vedo l'ora che questo inverno finisca. Che venga il caldo."

"E l'estate..."

"Ah, sì!"

Cominciava a cadere una leggera pioggerellina.

Alle due, infittì. Dalla finestra della sala da pranzo, si vedeva una cortina d'acqua.

"Noi che parlavamo d'estate," commentò, sbucciando un mandarino.

"È vero."

"Comunque..."

"Cosa?"

"Niente."

"Niente, non è una risposta."

"Avanti, che succede?" la incalzai.

"Ho dei brutti pensieri, Ernesto," mormorò.

"Che pensieri?"

"Tristi."

"Dimmeli."

"È inutile..."

"Non è inutile."

Stavolta tacque.

Due lacrime, intanto, le erano spuntate dalle ciglia. Quindi girai attorno al tavolo; la sospinsi verso il salotto; sul divano, le detti il fazzoletto che avevo nella tasca della giacca; e, mentre si asciugava, dissi: "Insomma vuoi dirmeli quali sono questi pensieri tristi, sì o no?"

"Penso che siamo appesi a un filo," mi restituì il fazzoletto, "che la nostra vita è appesa a un filo, che un giorno non ci vedremo più, e mi viene una enorme tristezza... L'idea che finisca tutto: come è possibile?"

"Infatti, non è possibile."

"Perché, secondo te ci rivedremo?"

"Certamente."

"Dove?"

"Non lo so."
Ero col cuore stretto. Ma lei aveva una piccola luce negli occhi, e ne profittai.
"Scacciali i brutti pensieri," dissi. "Tu sei capace."
"Hai ragione," ammise. "Di solito ci riesco."
"Vedrai che ci riesci anche adesso."
"È che sono debole, completamente fuori fase."
"Quello è normale..."
"Mica tanto. Non ho avuto la broncopolmonite... Ad ogni modo: cambiamo discorso. Anzi, scusa..."
"Di che."
"Ti ho immalinconito."
"Non mi hai immalinconito."
"Giura."
"Te lo giuro."
Sull'ultimo cuscino e sul bracciolo era distesa la tovaglia.
"Io," disse, "ricamerei un po'."
Dopodiché accese il lume, inforcò gli occhiali, e ricamò, quieta, tutto il pomeriggio.

La pioggia, con qualche rara pausa, per l'intera settimana non dette tregua: picchiava sui vetri delle finestre; dai rami anneriti, scivolava sul tronco dei platani di viale Liegi; in prossimità dei marciapiedi, si raccoglieva in pozzanghere difficili da guadare.
"Finirà, a un certo punto?" disse Carla il venerdì dopo mangiato.
"Domenica," dissi, "già dalla sera dovrebbe migliorare. E lunedì sarà bello."
"Siamo sicuri?"
"Questo lo dicono le previsioni."
Non furono smentite.
La domenica mattina caddero le ultime gocce; a metà

pomeriggio, nel cielo cominciarono ad allargarsi squarci sempre più ampi; il lunedì splendeva il sole. Dunque, bevuto il caffè, ci avviammo verso il Parco dei Daini.

L'aria era quasi tiepida, l'asfalto perfettamente asciutto.

"Arriviamo a piazza di Siena," le chiesi al cancello di via Pietro Raimondi, "o ci sediamo sulla nostra panchina?"

"Decidi tu," rispose.

Ci sedemmo.

Pure la ghiaia era perfettamente asciutta.

"Potevamo persino fare a meno del cappotto," disse Carla, sbottonandoselo.

"Davvero," annuii.

"Quanti gradi saranno?"

"Una ventina."

Aveva allungato le gambe.

"Oggi mi sento proprio bene," socchiuse gli occhi.

"Si vede," dissi, "hai un'altra faccia."

"Ho anche ripreso un chilo."

"Tre ne devi riprendere."

"Sì, non ti preoccupare, li riprendo..."

Nella voce, le era tornato il tono distratto e lieve, oscurato dalla malattia e dalla pioggia, in cui da sempre riconoscevo il mio amore. Così, in un empito di gratitudine per il sole, per il caldo che ci avvolgeva e al suo corpo restituiva il vigore, per il canto ebbro di gioia degli uccelli volati dal folto dei lecci ai rami chiari dei pini, le passai un braccio attorno alle spalle, le baciai una guancia, e dissi: "Tu non devi dimagrire."

"È colpa mia se sono stata malata?" protestò.

"No. Ma eri già dimagrita prima."

"Solo un po'."

Sulla panchina alla nostra sinistra – quella a destra era all'ombra – si erano seduti un ragazzo e una ragazza. Al centro del piazzale, sei bambini avevano iniziato una partita di pallone.

"Sabato," disse Carla osservandoli, "Elisa e Alessandro vanno a due diverse feste mascherate."

"Da che si mascherano?" domandai.

"Alessandro," sorrise, "da indiano. Elisa, invece, da strega."

"Da strega?"

"Sì."

"Lo scorso anno era principessa."

"Quest'anno, strega."

Lungo il viale dei Due Sarcofaghi passava scampanellando una bicicletta.

"Perché non li inviti a pranzo?" suggerii.

"Ci avevo pensato," rispose. "Mi piacerebbe."

"Fallo!"

"Sì, più tardi chiamo."

"Chiama ora."

"No, più tardi."

Continuavo a tenerle il braccio intorno alle spalle.

"Io," disse a un tratto, "tutto sommato, non credo di essere una donna tanto brutta per la mia età..."

"Perché lo dici?" tolsi il braccio e mi voltai a guardarla.

"Perché mi critichi sempre."

"Io ti critico sempre?"

"Sì."

"Solo perché ho detto che non devi dimagrire?"

"... E che mi trascuro."

"Tu sei matta."

Restammo un paio di minuti in silenzio.

"Io penso che sei una donna bellissima, Carla," finalmente dissi.

Quindi, mi voltai come prima, e le sfiorai le labbra.

"Io non sono una donna bellissima," lei si schermì.

Allora, la baciai di nuovo.

Le lancette segnavano le tre meno un quarto.

Alle tre, lasciammo i cappotti nell'ingresso.

"Vieni con me?" disse, avviandosi in camera da letto.

Resistettero, il cielo azzurro e le temperature miti di quell'anticipo di primavera, fino al venerdì.

La mattina, Carla si alzava tardi, si lavava e si vestiva con calma e, mentre io lavoravo, faceva delle piccole commissioni nel quartiere. Alle due, attraversavamo piazza Verdi, via Vincenzo Bellini, via Mercadante, e ci sedevamo sulla panchina del Parco dei Daini. Alle tre, alle tre e mezzo, ci dividevamo: lei dormiva un'ora sotto il plaid, in poltrona ricamava la sua tovaglia, leggeva i racconti di Katherine Mansfield; io, in vista di un eventuale articolo lungo, leggevo il primo volume dei *Diari* di Musil, poche pagine per volta dell'*Uomo senza qualità*, e prendevo degli appunti. Alle sette, spegnevo le luci dello studio, le chiedevo che racconto stava leggendo e, da dietro, scrutavo la pagina. La sera – lei seguendo la trama, io no – guardavamo un film alla televisione; ci addormentavamo presto.

Venne il sabato: con le nuvole e qualche spruzzo.

Paolo, Marta ed Elisa arrivarono all'una.

"Fatti vedere," quando Elisa si fu sbarazzata del piumino, Carla la condusse in salotto.

Aveva, cominciando dal basso, un paio di galoches e delle calze nere; una gonna nera tutta sbrindellata, piena di buchi e di tagli; un pullover girocollo nero; un mantello fatto con pezzi di stracci cuciti insieme; un fazzolettaccio sui capelli; il viso cosparso di macchie grigio scuro.

"Sono abbastanza terrificante?" fece un mezzo giro su se stessa.

"Io sto tremando di paura," confessai.
"Io pure, se devo dir la verità," Carla le strinse il fazzoletto al mento.
"L'unico problema," osservai, trattenendomi a causa delle macchie dal baciarla, "è che le streghe non hanno gli occhi azzurri, li hanno scuri."
"E che ci posso fare?" replicò.
"Incuterai meno terrore," disse sua madre.
Paolo aveva rubato un pezzetto di pane.
"Come va?" m'avvicinai.
"Ci difendiamo," inghiottì.
"All'ospedale?"
"Il solito."
Marta, Carla e la strega occupavano i tre cuscini del divano.
"Che meraviglia queste mimose," stava dicendo Marta.
"Sono le prime," disse Carla.
"Si sentivano dall'ingresso."
Dieci minuti più tardi suonò il citofono.
L'indiano aveva le penne, frange alla casacca e ai pantaloni, l'ascia, un segno bianco e uno rosso sulla fronte; ma era immusonito.
"Che ha?" chiesi sottovoce a Guido.
"Ha litigato con Cristina," posò su una sedia il vassoio delle paste.
"Perché?"
"Voleva l'arco con le frecce."
"E io," confermò Cristina abbracciando Carla, "l'arco con le frecce non sono riuscita a trovarlo."
"Certo, all'ultimo," Alessandro protestò.
"Oh! Piantala!"
Avevamo comprato i ravioli di ricotta.
"Ho tenuto il sugo a parte," disse Carla, portandoli in

sala da pranzo aiutata da Marta, "perché ai bambini piacciono al sugo, ma qualcuno magari li preferisce al burro."

"Per esempio, io," Paolo confermò.

"Con molto parmigiano..."

"Ovviamente."

Quindi ci sedemmo: Cristina e Marta alla mia sinistra e alla mia destra, Paolo e Guido a seguire, la strega e l'indiano – momentaneamente privo delle penne – ai due fianchi della nonna che fece le porzioni; Paolo versò il vino; Guido versò l'acqua; mentre un raggio di sole si faceva strada fra le nuvole toccando il vasetto delle mimose al centro della tavola, iniziammo a mangiare; Carla ebbe i complimenti sia per i ravioli che per il successivo arrosto; aprimmo il pacchetto delle paste; per il caffè, decidemmo di passare in salotto.

"Io," disse Cristina, con un'ombra di rimprovero nei begli occhi verdi, "non devo più mettermi vicino a te."

"Perché?" finsi di stupirmi.

"Perché mi riempi il bicchiere di vino senza che me ne accorga."

"Tu lo bevi, però!"

"Sì che lo bevo!"

Era allegra.

"Che tramate voi due?" Guido le strinse un braccio.

"Stavo dicendo a tuo padre," disse, "che non devo più mettermi vicino a lui, perché mi riempie il bicchiere senza che me ne accorgo."

"Un paio di volte," mi giustificai, "gliel'ho riempito."

"No," si liberò e raggiunse Marta e i bambini. "Almeno tre."

Guido s'era acceso una sigaretta.

"Mamma sta bene," commentò.

"È un po' sotto peso," precisai.

"Lei è sempre sotto peso."

Eravamo davanti al camino.
"Raccontami di te," dissi.
"Lavoro parecchio," buttò fuori il fumo.
"Siete ancora alla prima puntata?"
"No, alla seconda."
"E siete soddisfatti?"
"Molto."
"Be', sono contento."
Erano le due e un quarto.
Alle tre e qualcosa, Marta disse: "Noi dovremmo muoverci, Paolo..."
"Perché," disse Cristina, "la vostra festa a che ora è?"
"Alle tre e mezzo," rispose Elisa.
"La mia, invece," intervenne Alessandro, "è alle quattro e mezzo."
"Sì," confermò Cristina. "Comunque ce ne andiamo anche noi."
"No," disse Carla, "non ve ne andate anche voi. Restate un po'..."
"Ma tu non vuoi riposarti?"
"No!" esclamò, alzandosi per accompagnare Paolo, Marta ed Elisa all'ingresso.
Poi, quando chiudemmo la porta, scosse impercettibilmente la testa.

Guido, Cristina e Alessandro si fermarono un'altra quarantina di minuti.
Alle quattro meno cinque, Alessandro si rinfilò le penne.
Alle quattro, scendevamo in viale Liegi.
"La macchina, dove l'avete?" la cercai con gli occhi là intorno.
"Ho trovato posto, ed è stata un'impresa," Guido s'incamminò verso il semaforo, "in via Bellini."

"Me lo immagino che è stata un'impresa," dissi. "Qui, parcheggiare è diventato impossibile."
"Nella nostra zona," disse Cristina, "è lo stesso. Infatti, io la macchina non la tocco."
"Vai in autobus..."
"A piedi, soprattutto. E, se necessario, in taxi. Stasera, ad esempio, all'Accademia di Francia credo che andrò in taxi."
Il semaforo era rosso.
"Che c'è all'Accademia di Francia?" domandai.
"C'è l'inaugurazione di una mostra di quadri di Claude Lorrain, intitolata *Claude e l'Italia*."
"Ah sì, l'ho letto sul giornale. Se ho ben capito, deve essere interessante. I paesaggi della campagna romana sono stupendi."
Era scattato il verde.
"Allora, buona mostra," in via Bellini baciai Cristina sulla guancia.
"Grazie," disse piano.
"E tu," tirai leggermente una delle penne dell'indiano, "non fare troppe vittime con quell'ascia."
Guido, nel frattempo, aveva aperto lo sportello.
"Ciao, papà!" sollevò il braccio.
"Ciao, Guido," ricambiai il cenno e tornai indietro.
Carla, in sala da pranzo, stava radunando i bicchieri, i tovaglioli e le brocche.
"Vuoi una mano?" dissi.
"Perché no."
In cucina, i piatti sporchi, le posate, le pentole erano sul lavello.
"Se tu metti i piatti, i bicchieri e il resto nella lavastoviglie," disse, "io lavo le pentole."
"Va bene," accettai.

"Però, i piatti devi sciacquarli, prima."
"Lo so."
Eravamo fianco a fianco.
"Sciacquali meglio," cominciò a scrostare la pentola del sugo, colma di detersivo.
"Meglio di così?"
In dieci minuti avevamo finito.
"Questo ce lo siamo dimenticato," lasciandosi cadere nella sua poltrona, indicò il vassoio del caffè.
"Pazienza," accesi il lume.
"Sì, son quattro tazzine."
Sembrava sovrappensiero.
"Ti vedo sovrappensiero," dissi.
"No," disse. "Mi dispiace che sono stati poco."
"Sono stati poco?"
"Sì..."
"Paolo e Marta sono arrivati all'una e gli altri tre sono andati via alle quattro."
"È vero. Ma avrei voluto che rimanessero di più... Ad ogni modo," si scosse, "Cristina e Guido erano di buon umore."
"Ottimo," confermai. "Stasera Cristina va all'inaugurazione della mostra di Claude Lorrain."
"Dove?"
"All'Accademia di Francia. *Claude e l'Italia*: credo sia una bella mostra."
La pendola aveva battuto le quattro e tre quarti.
"Tu che fai?" disse.
"Vorrei leggere i *Diari* di Musil."
"Io sono incerta fra la Mansfield e la tovaglia."
"Non è che una esclude l'altra."
"No."
"Potresti ricamare un po' e poi leggere la Mansfield."

"Sì."

Invece, fece il contrario.

Ricamava, infatti, quando chiusi i *Diari* di Musil e mi sedetti in salotto.

"Che racconti hai letto?" domandai, prendendo il volume dal tavolino.

"Ho letto *Preludio*, che avevo saltato," tirò il filo.

"Qual è *Preludio*?" lo cercai.

"*Preludio* è la storia di quella grande famiglia che trasloca e va ad abitare in campagna."

"Ah, me lo ricordo."

Gli occhiali le erano scivolati sul naso.

"Certo," disse, "che quella donna è pazzesca."

"Sì, è pazzesca," annuii. "Sono pienamente d'accordo."

"Ti fa vivere dentro il racconto, abbandonare al racconto... E, di colpo, c'è come una frattura, si apre un vuoto..."

"Che non avevi previsto."

"No, non avevi previsto..."

Aveva gli occhi stanchi.

"Erano belli i bambini mascherati," mormorò.

Marzo trascorse velocemente.

Ai primi d'aprile, la mattina del Giovedì Santo, ci trasferimmo a Sermoneta.

"Ti sei portato da scrivere?" chiese Carla sulla Via dei Laghi.

"No," risposi. "Né il romanzo, né Musil."

"Bravo."

"Voglio camminare, provare a rimettere in piedi l'orto, dormire, mangiare, andare a Sabaudia."

"Escluso l'orto," rise, "è il mio stesso programma."

Il bosco era un tripudio di verde.

"Che meraviglia!" esclamai.

"Sì," respirò, "è uno spettacolo. Due settimane fa sembrava inverno. Nemmeno quindici giorni, e la natura è esplosa."

"Letteralmente."

"La vita che rinasce... Ogni anno mi provoca una emozione nuova... Ieri, al Giardino del Lago, con tutta quell'acqua che scrosciava dalla cascata nel lago, correva nei ruscelli, si spandeva sulla ghiaia delle fontanelle, avevo una sensazione che non avevo provato mai..."

"Che sensazione?"

“Come se quell’acqua mi sciogliesse un nodo, mi attraversasse le vene.”

“Una sensazione pacificante, dunque.”

“Moltissimo.”

Tre quarti d’ora più tardi, entrammo nel piazzale.

Sul tavolo della cucina, Fausta aveva lasciato la tradizionale torta salata di Pasqua.

“Io,” dissi uscendo in cortile, “vado all’orto.”

“Io,” disse Carla, “disfo le borse e apparecchio.”

“All’aperto?”

“Sì, è caldo.”

All’interno dei pochi metri quadrati delimitati da una rete metallica bassa, sopravviveva qualche pianta d’insalata con le foglie larghissime, la salvia e il rosmarino, in mezzo a una quantità di erbacce.

“Non sarà uno scherzo,” tornando dalla rapida ispezione, mi versai un po’ di vino.

“Fatti aiutare da Romeo,” Carla poggiò la brocca.

“Per carità!”

Il cielo si stava velando.

“Che dici se inizio subito?” dissi dopo il caffè.

“Subito?”

“Perché?”

“Abbiamo appena mangiato.”

“Che abbiamo mangiato!” scostai la sedia.

Poi, mi tolsi il pullover; in magazzino trovai i guanti di gomma, la vanga, la zappa, il rastrello e il tubo per innaffiare; caricai la carriola; indossai i guanti di gomma; cominciai a estirpare la gramigna.

Erano le due.

Alle quattro, grondante di sudore, riposi i guanti, la zappa e la vanga in magazzino; mi lavai; dal cassetto tirai fuori una camicia pulita; scesi in salotto.

Carla leggeva.
"Avrai la schiena rotta," disse.
"No, non ho la schiena rotta," dissi. "Perché?"
"Si potrebbe fare una passeggiata."
"Certo."
Aveva i jeans e i mocassini coi quali era partita da Roma.
S'infilò un paio di scarpe da ginnastica e mi raggiunse sul piazzale.
Camminammo, in direzione di Ninfa, circa un'ora.
Nel frattempo, il velo grigio s'era infittito; la temperatura s'era abbassata di vari gradi.
A un tratto, molto al di là delle colline, rotolò un tuono.
"Non è che ci prende il temporale?" Carla s'allarmò.
"No," la tranquillizzai. "È lontano."
"Sei sicuro?"
"Sì."
M'ero sbagliato, purtroppo. Di lì a pochi minuti, si udì un secondo tuono assai più vicino del precedente; l'aria si fermò; gli uccelli tacquero; scoppiarono altri tuoni; caddero gocce rade e pesanti; a un chilometro dal nostro cancello, un vero diluvio ci investì in pieno.
Eravamo zuppi, infatti, quando arrivammo al portone. Quindi, ci spogliammo nell'ingresso; facemmo una doccia bollente; ci asciugammo i capelli: io con l'asciugamano di spugna, lei con il phon; ci rivestimmo; strizzammo i pantaloni, le camicie e i golf, e li stendemmo sui termosifoni; nel camino, accendemmo il fuoco.
"Adesso è piacevole," disse Carla, crogiolandosi alla fiamma. "Io ero gelata."
"Ho visto," sospirai. "Avevi la pelle d'oca."
"Comunque... È stato il tipico temporale d'aprile. Ti ricordi quell'anno con Paolo e Guido?"
"No."

"Eravamo andati allo spaccio..."
"E ci inzuppammo?"
"Completamente."
"Ma di quanti anni fa stai parlando?"
"Tanti."

Ci svegliammo con la luce.
Alle undici, montammo in macchina.
A mezzogiorno, svoltammo sulla litoranea e, nella piazzola di sosta, spegnemmo il motore.
C'era il sole, qualche banco di nuvole, e parecchio vento.
"Non è la giornata ideale," Carla commentò.
"Vuoi che ce ne riandiamo?" suggerii.
"Ormai ci siamo."
"Che significa: ormai ci siamo?"
"Che ci siamo."
Sulla riva, il vento freddo pungeva più che in cima alle dune; aprire i teli che avevamo nella borsa, insieme a una bottiglia d'acqua e ai giornali, era impensabile. Così, nascondemmo la borsa in una barca e ci dirigemmo verso il promontorio; percorsi duecento metri, desistemmo; per una ventina di minuti indugiammo alla barca; mentre un banco di nuvole più minaccioso degli altri oscurava il sole, e sembrava inverno, risalimmo alla piazzola di sosta.
"Peccato," dissi.
"Davvero," Carla guardò un'ultima volta il mare.
Dopo, quasi sempre, tacemmo, avanzando adagio nelle strade strette fiancheggiate dai canali d'irrigazione e dagli oleandri; tagliammo in perpendicolare l'Appia; ci inoltrammo nei campi colpiti da sprazzi di luce improvvisi; imboccammo il viale.
"Toccata e fuga," commentai.
"Sì, toccata e fuga," ripeté.

Era accanto al suo sportello.
"Non vieni?" la invitai.
"Sì," disse.
Ma, fatti pochi passi, s'arrestò.
"Aspetta," disse.
"Che succede?" le afferrai il braccio.
"Mi gira la testa."
"Come mai?"
"Non lo so."
Prima di muoverci per Sabaudia, avevo trasportato nel piazzale due poltroncine di vimini e il tavolo tondo. Ci sedemmo.
"Direi che va meglio," dopo un minuto mormorò.
"Secondo me," la scrutai, "è stato un calo di pressione."
"È probabile."
Stava riprendendo colore.
"Prepariamo qualcosa da mangiare?" proposi.
"Abbiamo le zucchine di ieri sera," disse, "e il prosciutto."
"Giusto."
Abbandonammo le poltroncine, dunque; apparecchiammo in cortile; finimmo le zucchine e assaggiammo appena il prosciutto; bevemmo il caffè; sparecchiammo; visionammo insieme l'orto; lei rientrò, indecisa se leggere in salotto o a letto; io aggredii le erbacce.
Lavorai almeno un paio d'ore.
Quando il sole scomparve dietro il tetto, Carla aprì la porta della cucina.
"Che intenzioni hai?" gridò.
"Faccio un ultimo pezzo e smetto," risposi.
"No, vieni," implorò. "Mi sento poco bene."
"Che ti senti?"
"La febbre."
Aveva trentotto e quattro.

"Ti vado a prendere la Tachipirina," rimisi il termometro nell'astuccio.

"Sì, vammela a prendere," disse. "Però, andiamo a Roma, per favore..."

"Vuoi andare a Roma?"

"Preferisco."

Chiudemmo le persiane.

Il bosco della Via dei Laghi era invaso dal crepuscolo. Nel Raccordo Anulare, le automobili procedevano incolonnate per l'esodo pasquale.

"Guido," disse, mentre uscivamo sulla via Salaria, "non mi pareva entusiasta di partire."

"Dov'è che vanno, esattamente?" domandai.

"Nel Monferrato, da quanto ho capito. Paolo e Marta, invece, partono domenica mattina."

"E tornano?"

"Lunedì sera dopo cena."

Un treno, con i finestrini illuminati e vuoti, correva a fianco della strada, in direzione opposta alla nostra.

"Ernesto," disse, guardando i finestrini.

"Dimmi," le posai una mano sul ginocchio.

"Io non mi voglio ammalare."

Parcheggiammo davanti all'Artemisia.

In ascensore, le toccai la fronte.

"Ancora non ti ha fatto effetto," dissi.

"No," confermò. "Per niente."

Lo specchio rifletteva le pupille dilatate e fisse.

"Io," disse, mentre giravo la chiave nella serratura, "mi metterei a letto."

"Sì," dissi. "Mettiti a letto."

"Tu come fai per la cena?"

"Non preoccuparti."

“Vado, allora?”
“Vai.”
In salotto, al centro del divano, era piegata la sua tovaglia, con sopra il cestino degli aghi e dei fili; i quattro volumetti color lilla dei racconti di Katherine Mansfield – il quinto lo aveva in borsa – erano impilati vicino al lume; sul tavolino basso, le giunchiglie che avevamo dimenticato di buttare nella spazzatura esalavano l’odore forte dei fiori sul punto d’appassire; la pendola segnava le otto e venti.
Alle otto e mezzo, mi chiamò.
“Che avrò?” mi interrogò, con le pupille dilatate e fisse come in ascensore.
“Te l’ho detto,” risposi. “È stata la pioggia di ieri e il vento di stamattina al mare.”
Non era convinta.
“Possibile,” disse, “che per una bagnata e un po’ di vento ti viene una febbre a trentotto e quattro?”
“Sì,” ribattei, “è possibilissimo.”
“Purché non mi torni la tosse.”
“Perché dovrebbe tornarti la tosse?”
“Speriamo...”
La pendola suonò le otto e tre quarti.
“Sono un vero impiastro,” sorrise. “Confessalo.”
“Non dire sciocchezze,” la rimproverai.
“Non dico sciocchezze,” protese la mano perché gliela prendessi. “E tu non vedi l’ora di liberarti di me.”
“Sì, certo.”
“Così ti risposi con una donna giovane.”
“Sì, una trentenne.”
“Che male ci sarebbe?”
“La pianti?”
Le calavano le palpebre.

“Sai che forse mi sta scendendo,” dopo un paio di minuti disse piano.

“Hai visto?” feci per alzarmi.

“Sì, ma non andare via; stai qui con me.”

Quindi, non mi mossi. Poi, quando fu nel profondo del sonno, uscii dalla stanza e poco dopo da casa, con le giunchiglie appassite; da Hungaria, dove ero l’unico cliente, ordinai un toast e una birra; alla farmacia delle Tre Madonne, comprai una nuova confezione di Tachipirina; mi spinsi per un pezzo in via Bertoloni e, prima dell’incrocio con via Denza e via Barnaba Oriani, tornai indietro; in piazza Pitagora, illuminata dal cerchio tondo della luna, mi fermai indeciso se proseguire in direzione di via Ulisse Aldrovandi e la Valletta dei Cani, attraversai la piazza e all’incrocio di via delle Tre Madonne con via Aldrovandi lasciai perdere; rientrai da Hungaria e chiesi un whisky che consumai a un tavolino accanto alla vetrata da cui, alla sinistra del sagrato di San Roberto Bellarmino, si scorgeva la breve discesa di via Lima che conduce in via Panama; risalii; vidi che era nella stessa posizione in cui l’avevo lasciata mezz’ora prima; mi versai un secondo whisky e lo bevetti sul divano accanto alla tovaglia piegata con sopra il cestino degli aghi e dei fili; mi riaccostai alla soglia della camera da letto; vidi che s’era abbassata le coperte sul petto; mi versai il terzo whisky, spalancai i vetri sugli alberi di viale Liegi e m’appoggiai coi gomiti sul davanzale; chiusi i vetri; trangugiai l’ultimo sorso; mi svestii; spensi il lumetto del suo comodino; entrai sotto le lenzuola.

Il silenzio era tombale. Si udiva soltanto il suo respiro.

“Dormi bene, amore,” sussurrai, sfiorandole un fianco.

Lei disse: “No, no!” come se nel sogno in cui era protesa fosse apparso qualcosa che rifiutava con tutta la sua determinazione, o le metteva spavento; poi cambiò posizione e immediatamente si calmò.

La tosse: piccoli colpi secchi diversi da quelli dell'altra volta, le venne nella notte fra la domenica e il Lunedì dell'Angelo.

"Lo sapevo," disse la mattina presto, dopo il tè.

"Non mi pare una gran tosse," minimizzai.

"Che significa?"

"Che non è una gran tosse," ripetei. "Diversa da quella dell'altra volta."

"Sì, diversa... Però, intanto, la febbre, nonostante l'antibiotico e la Tachipirina, non va giù."

Aveva il viso contratto in una espressione di delusione e di rancore.

"L'antibiotico," dissi, "lo prendi da sabato."

"Allora?"

"Ci vuole qualche giorno. E un po' di pazienza."

"Io non ho pazienza."

Ero in piedi a fianco del letto. Mi sedetti e le cercai la mano.

"Lasciami," si sottrasse.

"Perché?"

"Perché sto male. Lo capisci o no?"

"Pensi che non lo capisco?"

Ora, un raggio di sole, scavalcando i palazzi, rischiarava la stanza.

"Non hai detto," chiese, "che andavi a farti la barba?"

"Vuoi che me ne vado?"

"Sì, vai..."

In bagno, l'avvolgibile era tirato su a metà.

Accesi il neon sopra il lavandino, mi lavai i denti, bagnai il pennello e ci spremetti la crema; mi insaponai; cominciai a rasarmi.

Quando finii – dovevo solo togliere i residui di schiuma e sciacquarmi – mi raggiunse.

"Non guardare," disse.

Poi, da dietro, mi circondò con le braccia.

"Perdonami," mormorò.

"Per cosa?" posai l'asciugamano.

"Per prima. Non volevo offenderti."

"Non sono offeso," provai a divincolarmi.

"Sì, ti sei offeso," lasciò cadere le braccia, e se ne andò.

Pochi minuti più tardi, mi infilai i pantaloni, una camicia e la giacca; controllai i soldi che avevo in tasca; misi gli occhiali nel taschino; sulla porta, mi girai.

"Scendo da Hungaria a bere un caffè," dissi, "e ti compro il cornetto."

"No, non lo comprare," scosse la faccia.

"Perché?"

"Non mi va."

Viale Liegi era deserto; in piazza Ungheria transitavano veloci rarissime automobili; i negozi erano sprangati; l'edicola dei giornali all'imboccatura di viale Parioli era chiusa. Ma l'azzurro era morbido; le foglie degli alberi di viale Rossini tremavano, carezzate da una lieve brezza; faceva già caldo.

Camminavo lentamente. Come sospinto. Come se ogni passo nella fragile bellezza del giorno mi distaccasse da me stesso.

Così, all'altezza dell'ambasciata di Grecia, girai per piazza Verdi, e, rapidamente, arrivai a casa.

"Il cornetto, io te l'ho preso," dissi. "Magari più tardi cambi idea."

"Grazie," disse, mettendolo sul comodino.

Si era cambiata la camicia da notte pesante con una più leggera, e pettinata i capelli.

"Fuori," dissi, "non c'è anima viva."

"Sono partiti tutti," sistemò il cuscino.

"Sì, sono partiti tutti."

M'aveva fatto posto, intanto.

"Perché," propose, "non te ne vai a leggere i giornali al Parco dei Daini?"

"Perché oggi i giornali non ci sono."

"Hai ragione. Ti porti un libro..."

"No."

La Circolare stava frenando.

"Ernesto, tu mi vuoi bene?" disse, trattenendo uno di quei colpi secchi.

"Molto," la sovrastai col corpo e accostai la guancia alla guancia.

"E mi vorrai bene sempre?"

"Sì."

Avevo gli occhi chiusi.

"Sai una cosa?" disse.

"Cosa?"

"Il nostro amore è stato la nostra forza indistruttibile."

"È vero."

"Anche quando litigavamo."

"Quando, litigavamo?"

"Quando mi tormentavi con le tue ossessioni, le tue gelosie..."

"Quali gelosie?"

"Vedi," mi carezzò i capelli. "Non ti ricordi mai niente."

M'ero sollevato di qualche centimetro.

Le baciai la fronte, gli zigomi, il naso e la bocca; di nuovo mi chinai e la strinsi forte, finché non mi disse che le pesavo, quasi la stavo soffocando; le riempii il bicchiere d'acqua fresca, entrai nel mio studio; scostai la cartellina del romanzo; aprii *L'uomo senza qualità*, lessi poche pagine meccanicamente e lo chiusi; provai, senza successo, a imbastire un articolo, che avrei dovuto consegnare da una settimana, su una raccolta di racconti – definiti "cinici" nel titolo – di Somerset Maugham; mi sedetti sul letto; la feci ridere col racconto più divertente del libro di Maugham, e cioè quello delle tre amiche grasse a dieta in un albergo della Costa Azzurra, sconvolte dalla comparsa inattesa di una quarta amica magra che al ristorante ordinava ogni ben di Dio; cullai il dormiveglia e sorvegliai il sonno; all'una le portai il riso in brodo; alle due, cedendo alle sue insistenze, bevetti il caffè da Hungaria e, in viale Rossini, svoltai a destra per via Ulisse Aldrovandi, costeggiai l'edificio del Museo Africano e il Giardino Zoologico; oltrepassai il cancello che immette nella Valletta dei Cani invasa, a differenza del quartiere ancora deserto, da una vera e propria folla di gente: le famiglie che avevano mangiato sui prati, i bambini che si rincorrevano e i ragazzi che giocavano a pallavolo, i proprietari dei cani naturalmente, le coppie seminascoste nell'erba alta; al bivio nel quale avrei potuto scegliere fra piazza di Siena, il Giardino del Lago e il Pincio, e il Parco dei Daini, optai per il Parco dei Daini e, vedendola libera, raggiunsi la nostra panchina.

Ci rimasi, immobile, non avrei saputo dire quanto.

Poi, di colpo, m'alzai; a piazza Verdi, accelerai il passo; in meno di dieci minuti, sbucai in viale Liegi.

Paolo era sotto il portone; la macchina con Marta ed Elisa si stava allontanando.

Carla dormiva.
"Senti il respiro?" dissi a bassa voce.
In quel momento, si svegliò.
"Avete anticipato," disse, fissando Paolo.
"Sì," rispose. "Abbiamo avuto paura del rientro."
"E Marta ed Elisa?"
"Sono dai genitori di Marta."
"Ah!"
Erano le quattro.
Alle otto, eravamo in una stanza al primo piano della clinica Villa Margherita, in viale di Villa Massimo, dalle parti della Nomentana.

Il martedì fu cadenzato dalle analisi; dalle visite: la prima, di un medico della clinica, e la seconda del professor Bollani, al quale si era rivolto Paolo dopo un consulto col suo primario all'ospedale; dalla discesa nel reparto sotterraneo della radiologia; dalle misurazioni della pressione e della febbre.
Non fummo mai soli. Paolo venne tre volte: la mattina presto, all'ora di pranzo, nel pomeriggio; Marta, due volte: la mattina e il pomeriggio; Guido e Cristina, appena arrivati dal Monferrato alle tre, e di nuovo alle sette.
Quando se ne andarono, era buio.
"Che pensi?" al termine di un breve silenzio, profondo, Carla domandò.
"Che domani, o al limite giovedì," risposi, "ce ne torniamo a casa."
"Io non ho questa sensazione."
"Vedrai."
"Lo dici, ma non ne sei convinto."
"Ti sbagli. Ne sono sicuro."
"E io dovrei crederci?"
Era esausta.

Sembrava che l'energia segreta alla quale aveva attinto per mostrarsi fiduciosa ai suoi figli e alle mogli dei suoi figli, si fosse dissolta in un soffio.

Così, m'alzai dal divano in pelle accostato alla parete della portafinestra che dava sul balcone, m'avvicinai al letto, mi sedetti sul bordo, e dissi: "Sì, devi crederci, Carla. Giovedì siamo a casa."

"Magari."

"Te lo prometto."

Quella sera, grazie al Minias, non tardò a sprofondare nel sonno.

Verso le due, con un tono fermo, quasi l'avesse davanti, disse: "Sì, mamma..."

Dopo un paio di minuti, mi chiamò.

"Che succede?" dissi.

"Vieni da me," aprì le coperte e il lenzuolo.

Mi batteva il cuore.

"Prima parlavi con tua madre," dissi, mentre si rifugiava con la testa nel collo.

"Sì," confermò. "Eravamo in via Barnaba Oriani."

"Le hai detto: sì, mamma..."

"Perché voleva che l'accompagnassi a vedere un vestito."

"Per lei?"

"No, per me... Mamma, quando ero ragazza, voleva sempre comprarmi i vestiti... A me non importava tanto dei vestiti..."

"Però eri elegante. Io mi ricordo un tailleur blu."

"Con la gonna stretta..."

"Sulla giacca avevi una spilla d'oro."

"Uno scarabeo..."

Si stava riaddormentando.

All'alba, il canto esitante degli uccelli del viale di Villa Massimo penetrò nella stanza.

Di lì a non molto, la clinica si animò e servirono la colazione.

"Io," dissi, "andrei a lavarmi."

"Sì," disse.

"Tu hai bisogno di qualcosa?"

"No."

Dalla Nomentana, potevo girare su corso Trieste, o fare viale Regina Margherita. Decisi che in corso Trieste il traffico era più scorrevole e, in una decina di minuti, da via Salaria girai in viale Liegi; mi spogliai, in fretta mi feci la doccia e la barba che non tagliavo dal lunedì mattina; senza aprire le persiane mi rivestii; ripresi la macchina.

Adesso, il traffico era intenso anche in via Panama e corso Trieste. Infatti, rispetto all'andata, impiegai quasi il doppio.

Paolo mi aspettava nel cortile della clinica.

Era pallido.

"Non va bene per niente, papà," disse, venendomi incontro.

Carla ascoltò il quadro che il professor Bollani – d'accordo con me e con Paolo – le prospettò, senza muovere un muscolo.

"E questo," si schiarì la gola, "dovrebbe avvenire..."

"Domattina."

"Perché domattina?"

"Perché io posso domattina. Altrimenti si va alla settimana prossima."

"Ho capito. Tu," si rivolse a Paolo, "che dici?"

"Io," rispose, "sarei per domattina."

"Allora facciamo domattina."

"Brava," il professor Bollani le toccò una spalla.

Poi, accompagnato da Paolo, se ne andò.

In corridoio qualcuno spingeva un carrello.

"Carla..." dissi, quando il cigolio del carrello scomparve.

"Dimmi," mormorò.

"Fra ventiquattr'ore è finito tutto e fra dieci giorni siamo a Sermoneta."

"Giuramelo."

"Te lo giuro."

Nella stanza accanto avevano acceso la televisione.

"Io," disse dopo un po', "vorrei vedere i bambini."

Stavano entrando Paolo e Guido.

"Mamma," dissi, dopo il bacio che le dette Guido, "vorrebbe vedere Elisa e Alessandro."

"Certo!" Paolo esclamò.

"Chiamo subito Cristina," Guido s'aggiunse.

"Aspetta," Carla lo bloccò.

"Perché?"

"Non si allarmeranno?"

"Perché dovrebbero? Diciamo che stai facendo un normale controllo."

Mancava poco alle dieci.

Alle undici, Paolo disse che sarebbe passato in ospedale.

A mezzogiorno, venne il medico a misurarle la pressione e a farle un elettrocardiogramma, e con Guido scendemmo al bar a comprare l'acqua minerale, e in cortile.

Alle tre, insieme a Marta e a Cristina, arrivarono Elisa e Alessandro.

"Eccoli!" Carla scattò a sedere.

Ma loro non si avvicinavano. Così, senza perdere un secondo, mise i piedi nelle pantofole, s'infilò la vestaglia, li strinse in un unico abbraccio e li portò sul balcone.

Da dentro, attraverso la portafinestra spalancata, coglievamo brani della conversazione: parlavano della scuola, dei compiti, del nuoto di Alessandro e della ginnastica che appassionava Elisa, di quello che avevano mangiato a pranzo.

A un tratto, appoggiandosi alla ringhiera, Elisa domandò: "Tu quanto devi rimanere qui?"

"Poco," Carla la rassicurò.

"Che vuol dire poco?"

"Due o tre giorni."

"Però non sei malata."

"No."

Il balcone era profumato di glicine, riscaldato dal sole.

Quando se ne andarono, tenendo la vestaglia, si distese sul letto.

Paolo entrava e usciva per rispondere al cellulare.

Guido era seduto al mio fianco sul divano.

Lei non apriva bocca. Aveva la vestaglia corta che le scopriva le gambe da sotto il ginocchio, le unghie dei piedi laccate, i capelli scomposti, una ruga sulla fronte.

Trascorse un'ora.

S'era rinfilata sotto le lenzuola.

Alle cinque, Guido disse che aveva un appuntamento nell'ufficio di un produttore dietro viale Mazzini.

Alle sei, tornò Marta. Raccontò che aveva assistito alla lezione di ginnastica di Elisa ed era rimasta stupita dall'agilità e dalla grazia con la quale si muoveva, nonostante la difficoltà degli esercizi.

Alle sette, accompagnai Marta e Paolo in cortile e risalii.

Alle sette e mezzo, bussò il medico e le sentì il polso.

Alle otto, una infermiera disse che doveva farle una iniezione.

"Perché," chiese Carla, "mi deve fare una iniezione?"

"Perché così stanotte dorme benissimo."

Mentre gliela faceva, mi affacciai al balcone.

Poi mi sedetti sul letto e le cercai gli occhi.

Stavolta, non li distolse: come nel pomeriggio. Invece, con una tenerezza infinita, mi carezzò la guancia.

Quando gli addetti comunali conclusero il lavoro, rimettendo al suo posto la lastra di travertino, e si dileguarono con gli attrezzi nei vialetti del cimitero Verano, Guido mi prese sottobraccio e disse: "Vieni, papà."

Quindi, uscimmo sul grande piazzale della basilica di San Lorenzo, imboccammo il viale Regina Elena, svoltammo sulla Nomentana e, prima dell'una, arrivammo in corso Trieste.

Marta e Cristina erano in cucina. I bambini, in salotto, ai due angoli del divano.

Mi sedetti in mezzo e poggiai la testa sullo schienale.

"Sei stanco, nonno?" disse Elisa.

"Sì," dissi.

All'una e un quarto, mangiammo.

Subito dopo, m'alzai e dissi: "Io andrei a casa."

"Non vuoi riposarti qui?" propose Marta.

"No. Vorrei andare a casa."

"Allora," disse Guido, "ti porto."

"Già, perché sono a piedi," riflettei.

Alessandro aveva la testa china sul piattino da frutta.

"Non mi dai un bacio?" m'abbassai.

"Sì," disse, con le lacrime che di colpo gli inondavano il viso.

"Povero," mormorai, mentre mi baciava. "Non piangere..."

Poi, abbracciai Marta e Cristina, baciai io Elisa, con un cenno salutai Paolo e, insieme a Guido, scendemmo.

Corso Trieste era vuoto.

"Cerca di dormire," sotto il portone di viale Liegi, Guido si raccomandò.

"Sì," dissi.

"E stasera ceni con noi."

"Vediamo."

"Perché, vediamo?"

"Perché non lo so."

Erano le due.

Alle tre, entrai nel cancello di Sermoneta, lasciai la valigia in macchina, salii al primo piano, e mi sdraiai sul letto.

Volevo riascoltare la voce con la quale, al ritorno da Sabaudia, su questo letto, aveva dichiarato di amarmi come non amava nessun'altra persona al mondo.

Ma lei era sotto quella lastra di travertino; non c'era più.

EPILOGO

“A che ora hai l’aereo?” mentre il cameriere del caffè Rosati di piazza del Popolo si allontanava, Ernesto domandò.

“Alle undici,” rispose Claudia, dopo un sorso di prosecco.

“E torni venerdì pomeriggio.”

“Sì, venerdì pomeriggio.”

“Hai già degli appuntamenti?”

“Tre o quattro.”

Era una delle ultime sere d’aprile.

Reduci dal lungo esilio invernale, le rondini volavano attorno alle cupole grigie delle chiese gemelle e di quella che, accanto alla Porta del Popolo, custodisce i Caravaggio; la luce moriva lentamente; faceva caldo.

“Mi dispiace che non vieni con me,” disse Claudia, rompendo un silenzio che durava da qualche minuto.

“Tu,” protestò Ernesto, “mi dici le cose all’ultimo momento.”

“Hai ragione. Comunque, non importa.”

“Vengo la prossima volta.”

“D’accordo.”

Erano le otto e qualcosa.

Alle dieci e mezzo, dal ristorante di via di Monserrato si avviarono verso via Giulia.

Alle undici, dopo aver sfogliato il catalogo della mostra di Monaco di Baviera ricevuto solo il giorno avanti, e aver bevuto ciascuno un whisky, Ernesto si alzò.

"Io vado," disse.

"Non ti fermi?" Claudia rimase sul divano.

"No, è meglio che vado."

"Perché?"

"Perché, forse, domattina, prima dell'ospedale, passa Paolo."

Si salutarono, dunque.

Stava sorgendo la luna.

In via Ulisse Aldrovandi, in viale Rossini, essendo quasi piena, rischiarava il cielo, lasciando in ombra gli alberi.

"Carla, per favore, non mi abbandonare proprio ora," salendo in ascensore Ernesto mormorò.

Il malessere che per tutto il giorno – da quando aveva aperto gli occhi e messo la parola fine al breve libro che l'aveva tenuto occupato un anno – aveva reso pesante ogni suo gesto, faticoso ogni respiro, persino durante il riposo, continuava a non dargli tregua. Ma, appena fu dentro casa, non si mise a letto. Entrò nel suo studio; si sedette alla scrivania; accese il lume; dal cassetto prese dei fogli bianchi; svitò il cappuccio della penna stilografica, e scrisse:

Sono le undici e mezzo di una delle ultime notti d'aprile. Poco fa, col taxi, abbiamo attraversato le nostre strade: via Ulisse Aldrovandi, che da ragazzini percorrevamo per raggiungere la Valletta dei Cani; viale Rossini che, da piazza Ungheria, percorrevamo per raggiungere il Parco dei Daini. C'era una luna quasi piena che rischiarava il cielo. Era meraviglioso il cielo rischiarato dalla luna. Io, provando una pace profonda, ho sempre guardato il cielo. Anche il mare ho sempre guardato, provando una profonda pace, senza stancarmi mai. Una volta, tu non c'eri più, ho sognato che il sole ancora non era tramontato sul mare – era quel momento che precede il tramonto e sembra durare in eterno – e io seguivo il movimento impercettibile di una piccola vela bianca. Voglio dirti una cosa: non sono mai riuscito a capire – pur essendomi parecchio impegnato a farlo – quale poteva essere il significato di questo sogno per me; e se non era soltanto un sogno, e invece corrispondeva a una immagine realmente contemplata nella mia vita, forse nell'infanzia. Adesso, di nuovo me lo domando: qual è il significato di questa immagine in cui si compongono insieme una immensa quiete, la fissità, e il movimento? È un mistero. Però, noi non siamo lontani da quel mistero. Così come, ne sono convinto, non siamo lontani dal nostro amore... Noi, Carla, ci siamo amati perché ci amavamo prima di esistere; in un'altra vita... Quando, sulla spiaggia di Sabaudia, col tuo costume rosso gocciolante, uscisti dall'acqua e mi accorsi che la tua voce non era più quella di una ragazzina, era adulta, io ti amai immediatamente, perché nello stesso istante in cui ti vidi e ascoltai la tua voce riconobbi il nostro amore. Quando al bordo della Valletta dei Cani, nei pomeriggi autunnali, ci stringevamo e ci baciavamo con quella foga, questo accadeva perché in quel parco autunnale profumato di foglie umide, di legna da ardere, ritrovavamo il luogo, che ci stava aspettando, del nostro amore. Quando denudavamo i nostri corpi e ci toccavamo, nei nostri corpi nudi che tremando esploravamo, esploravamo il corpo del nostro amore. Quando, in via Barnaba Oriani, tu ti negavi alle mie ossessioni e alle mie prepotenze, ti negavi perché eri guidata dal nostro amore. Quando, a Villa Adriana, d'inverno, il sole era scomparso e in silenzio osservavamo le rovine nella luce invernale, in silenzio ci stavamo riaccostando al nostro amore. Quando, a Sermoneta, dopo la giornata al mare che t'aveva scottato la pelle, tu confessasti che ero la persona che amavi di più al mondo, io vacillai dalla gioia, perché finalmente, con le parole, esprimevi l'amore che entrambi conoscevamo e ti rispecchiava in me. Quando, in viale Liegi, mi dicesti che eri felice di vivere il momento ricco che vivevamo e mi chiedesti se ero felice anch'io, e io ti risposi di sì, cos'altro affermavamo, entrambi, se non la bellezza, calata nel tempo, del nostro amore?

Ora, questo tempo sta per concludersi. Lo so, perché sono sfinito, sento che sono a un passo dal raggiungerti, da venire dove sei tu. Dunque, non abbandonarmi proprio ora. Te l'ho detto mentre ero in ascensore e te lo ripeto: non abbandonarmi, Carla... prendimi, carezzami la guancia, fammi dormire fra le tue braccia...

luglio, 2013

Bompiani ha raccolto l'invito della campagna
"Scrittori per le foreste" promossa da Greenpeace.
Questo libro è stampato su carta certificata FSC,
che unisce fibre riciclate post-consumo a fibre vergini
provenienti da buona gestione forestale e da fonti controllate.
Per maggiori informazioni: *http://www.greenpeace.it/scrittori*

Finito di stampare
nel mese di febbraio 2014 presso il
Nuovo Istituto Italiano d'Arti Grafiche S.p.A. - Bergamo
Printed in Italy